Castéou doù fioù

La danse des flamants, tome 3

G.C Deloof

Castéou doù fioù

La danse des flamants, tome 3

Mentions légales

Édition : BoD · Books on Demand,

31 avenue Saint-Rémy, 57600 Forbach, bod@bod.fr

Impression : Libri Plureos GmbH,

Friedensallee 273, 22763 Hamburg

(Allemagne)

ISBN : 978-2-8106-2884-1

Dépôt légal : février 2025

Travail éditorial :

agence éditoriale Empreinte

empreinte.click

Table des matières

Aux femmes de ménage,

aux restaurateurs,

aux cuisinières,

aux cochers,

aux éboueurs,

aux blanchisseuses,

aux taxi-vélos,

aux épiciers,

aux maçons,

aux aviateurs,

aux couturières,

aux résistantes et résistants de tous poils, aux femmes et aux hommes de ma famille qui, tout au long des générations, se sont battus afin que nous ayons une vie meilleure, et devenions des médecins,

des pharmaciens,

des informaticiens,

des kinésithérapeutes,

des musiciens,

des artistes... et surtout, des gens libres !

Merci !

Manon et Antoine

— Mais nous ne sommes que le dix-neuf !

Charly, qu'elle a joint au téléphone, est aussi surpris qu'elle.

— Eh oui… je sais !

Elle ne prend même pas le temps de rentrer à l'appartement. Elle saute dans un taxi, direction l'aéroport. Durant le trajet, elle appelle pour réserver un vol. Comme elle est sans bagages, elle peut prendre le prochain départ. Elle a vingt minutes pour arriver. Devant son degré d'énervement, le chauffeur de taxi lui fait remarquer qu'elle ne serait sûrement pas plus nerveuse et angoissée si elle accouchait elle-même. Elle en convient volontiers.

Une demi-heure plus tard, elle vole vers la Camargue, vers Juliette qui souffre, vers Milo, qui panique, vers ses filleuls pressés de connaître le vaste monde.

Le chauffeur qui la conduit de l'aéroport de Marignane à l'Hôpital doit être un fanatique du film « Taxi ». Il la mène à tombeau ouvert jusqu'à Arles. La voiture glisse sur le bitume, elle déboîte, double et fonce. Marie est trop angoissée pour avoir peur. Son « Daniel Morales » personnel s'en donne à cœur joie.

Elle a juste le temps d'apercevoir Milo, d'une blancheur assortie aux murs de la maternité.

— Elle t'attend. J'ai dû sortir, je suis tombé dans les pommes.

Une infirmière la déguise déjà en enquêtrice des « Experts », non sans l'avoir désinfectée au Purell. Dans son habit lunaire vert, elle entre dans la salle d'accouchement où Juliette fait le petit chien. Elle lui prend la main, avec soulagement, et lui sourit courageusement.

— Tu as fait vite !
— Tu parles ! J'ai carrément appelé Monsieur Bastian. Je n'ai jamais rien demandé, mais là ! C'est tout juste s'ils n'ont pas retardé le vol pour m'attendre !

Son masque en papier vert étouffe ses mots, et la chaleur de sa respiration provoque de l'humidité à l'intérieur. Elle fait comme Juliette, la respiration du petit chien. Les contractions sont si rapprochées que son amie n'a plus le temps de récupérer entre deux. Le médecin et la sage-femme l'encouragent…

— C'est bien ! Il ne devrait plus y en avoir pour longtemps.

Sous son masque, Marie sent des gouttelettes froides coller à son visage. Juliette pousse de petits gémissements qui lui font ressentir sa douleur. Elle voudrait pouvoir soulager la souffrance de son amie, mais à par être là et lui tenir la main…

Les constantes des bébés sont bonnes et tout se déroule pour le mieux. C'est le plus important. Le médecin annonce l'arrivée du premier. Ju commence à pousser.

Au bout d'un temps qui paraît interminable, Manon montre son crâne et le reste suit. Elle pousse de petits vagissements alors qu'elle a encore les pieds dans le ventre de sa mère, cherchant son souffle. Le médecin lui sourit, avant de sourire à Marie.

— À vous de jouer ! lui dit-il en lui tendant un ciseau aux bouts plats et arqués comme une pince.

Elle se saisit de l'instrument, pour couper ce cordon épais et dur, où passent une veine et deux artères. Surprise par sa résistance, elle finit par trancher ce dernier lien visible qui rattache encore la mère et l'enfant.

La puéricultrice prend Manon dans ses bras. Elle se charge du minuscule bébé effrayé par tant de changements. La petite fille miniature sursaute, ses bras écartés semblent chercher les parois de cet « œuf » qui, quelques minutes avant, la protégeait encore.

— Deux kilos trois cent cinquante.
— Ce n'est pas mal pour un jumeau.

Elle mesure la petite créature.

— Quarante-quatre centimètres.
— Aspirez-la ! Elle est encombrée, commande le médecin.

Juliette, qui se penchait pour voir sa fille, s'inquiète immédiatement.

— C'est grave ?
— Pas du tout. En descendant, le bébé aspire et avale des saletés, c'est tout à fait normal.

Marie n'arrive pas à quitter la table à langer où la petite fille reçoit ses premiers soins. La puéricultrice, qui vient de terminer, l'habille à présent, et Marie regarde le baby gros qu'elles ont acheté avec Juliette. Elle se souvient l'avoir trouvé ridiculement petit à l'époque. La minuscule Manon y est pourtant très au large. Non seulement il faut retourner les manches, mais les jambes semblent vides, tant les petits pieds sont hauts.

— Marie, elle est normale… elle est comment ? Qu'est-ce qui se passe ?

— Mais rien, elle est magnifique… elle est brune comme Milo, mais ses yeux sont bleus comme les tiens… bleu glacier… elle est si mignonne. Ses doigts sont tout petits… qu'est-ce qu'elle est belle…

— Mais si tout va bien, pourquoi tu pleures ?

— Mais je ne pleure pas !

— Haa si ! Je confirme, vous pleurez ! dit la puéricultrice en souriant.

Marie touche son visage et, en effet, elle s'aperçoit que coulent de grosses larmes chaudes. La femme dépose le bébé dans ses bras. Il est léger comme les nuages qui ornent son baby gros et son bonnet.

— Je vous l'aurais bien confiée plus longtemps, mais je préfère la mettre un moment en couveuse. Elle n'est pas grosse.

Et elle récupère l'enfant.

Juliette a recommencé à pousser, et Marie regagne sa place auprès d'elle, pour lui tenir la main. Elle l'encourage en lui parlant de sa fille.

— Allez, vas-y… tu y es presque. Tu as déjà fait une si belle petite fille… tu dois tenir le coup quelques minutes pour Antoine.

Mais Juliette n'a jamais eu la force de Marie.

— Je n'en peux plus… je n'arrive plus à pousser.
— Encore deux ou trois fois. Il est là.

Le médecin regarde la sage-femme, qui réagit aussitôt. Elle prend la tension de la parturiente. Marie sent son pouls s'accélérer. Elle les regarde tour à tour, mais rien ne transparaît.

— Qu'est-ce qui se passe ?

Marie perd son calme. D'un seul regard, le médecin la fait taire.

— Faites-lui un soluté de remplissage. Allez, courage, il est là… il est aussi fatigué que vous… poussez, cette fois-ci c'est la bonne.

Dans un effort où elle met tout ce qui lui reste de force, Ju attrape les poignées de la table et pousse, Marie soutenant son dos. Elle a baissé son masque, qui l'insupporte.

— C'est bien, c'est super… c'est parfait.

Et elle espère que sa voix ne tremble pas trop.

— Il est là…

Le médecin a attrapé le bébé sous le menton et, doucement, l'aide à sortir.

— Il est là, Juliette ! Il est là.

Mais Juliette, pâle comme les alèses sur lesquelles elle gît, se contente de tourner la tête, incapable de faire plus. Antoine n'a pas encore crié, le médecin qui le tient par les mollets donne une claque sur ses fesses et, enfin, il a un hoquet qui libère et ses poumons et ses cris.

— Ju, il est aussi beau que sa sœur.

La sage-femme et la puéricultrice, qui l'ont pris, l'intubent pour l'aspirer à son tour, le frottent avec vigueur. Sa peau fine en garde quelques rougeurs supplémentaires. Enfin, la puéricultrice annonce :

— Un kilo neuf cent quatre-vingt... quarante et un centimètres.
— Ju, ta fille a battu son frère.

Mais Juliette, les yeux fermés, n'a pas la force de lui répondre, quand elle les ouvre enfin, ils sont remplis de petits vaisseaux éclatés. Comme sur ses paupières, et le contour de ses yeux, les petits capillaires ont éclaté sous la puissance des efforts qu'elle a fournis. Elle sourit, d'un petit sourire qui semble lui coûter.

— Sortez, on va s'occuper d'elle.

Marie lâche à regret la main de son amie, dépose un baiser sur son front, froid et humide, et passe dans le couloir, incapable de savoir ce qu'elle doit faire. La tête vide, elle s'adosse au mur du couloir, avec la sensation qu'elle ne tiendrait pas debout sans cet appui. La puéricultrice sort à cet instant, poussant devant elle la couveuse où reposent Manon et Antoine, l'un contre l'autre.

— Qu'est-ce qu'il se passe ? Comment va mon amie…
— Elle est très faible. Elle a fait une grosse chute de tension suite à l'importante perte de sang. Mais ne vous inquiétez pas, elle est entre de bonnes mains. Suivez-moi, nous allons installer la couveuse dans la nurserie et nous irons chercher le papa. Les petits vont rester quelques jours sous surveillance.

Marie suit la cabine vitrée où dorment déjà ses filleuls.

— Restez là, je vais chercher le papa.

Seule dans la chambre, la jeune femme colle son front sur le verre tiède de la couveuse, et regarde tour à tour Antoine, puis Manon. Leurs petits doigts fripés sont rouge-brun. Leur petit visage au nez aplati étrangement mobile. De temps en temps, ils ouvrent la bouche mais aucun son n'en sort. Vêtus du même babygros, blanc aux nuages roses pour Manon et bleus pour Antoine, ils ressemblent eux-mêmes à deux minuscules nuages tombés du ciel. Derrière elle, la porte qui s'ouvre la fait se retourner. Milo est là. Le visage pâle et les yeux ruisselants de larmes. Il se précipite sur elle.

— Je ne peux même pas voir Juliette.
— Non, parce qu'ils s'occupent d'elle. Mais regarde tes enfants… comme ils sont beaux.

Il se tourne vers l'abri de verre.

— Pourquoi, ils sont là-dedans ?
— Parce qu'ils sont petits, mais ils se portent magnifiquement bien. Quant à Ju, elle était très fatiguée et ils ont préféré la garder sous surveillance. Je pense que tu pourras aller la voir d'ici un moment.

Ils continuent à regarder la couveuse et ceux qu'elle abrite. Émus, appuyés l'un à l'autre, comme pour résister. Mais à quoi résistent-ils…

La puéricultrice, qui s'est éloignée un moment pour les laisser seuls, revient en souriant.

— L'obstétricien va venir vous donner quelques explications.

— Et ma femme ?

— Je pense que vous pourrez aller la voir à ce moment-là.

Le médecin arrive en effet. Il serre la main de Milo.

— Ça va mieux ? demande-t-il, faisant sûrement allusion à son évanouissement. Mais Milo veut des nouvelles de Juliette.

— J'ai dû placer un drain, panser son utérus. Elle a fait une énorme hémorragie, que j'ai eu du mal à stopper. Bref, nous lui avons apporté ce que nous appelons des soins obstétriques d'urgence. Sa tension était tombée à sept, ça et la perte de sang… mais elle va mieux. De toute façon, nous la gardons sous surveillance. Elle avait signé une autorisation, nous l'avons transfusée… Rien d'anormal pour une naissance gémellaire monozygote. Vos enfants aussi vont rester sous surveillance.

Marie réagit immédiatement à ces propos.

— Pourquoi les petits ? Qu'est-ce qu'il y a ?

— Absolument rien, mais leur maman est dans l'incapacité de s'en occuper.

— Et moi ! Moi, je peux le faire, je peux rester, je suis sûre que Juliette sera d'accord. Tu ne crois pas Milo ?

— Bien sûr... oui.

— Écoutez, je vais voir comment nous pouvons faire. C'est un peu inhabituel... restez là, je me renseigne.

Il disparaît dans les couloirs.

— Qu'est-ce que je vais faire... Mais qu'est-ce que je vais faire sans elle ?

— Tu arrêtes immédiatement de dire des bêtises, elle est simplement fatiguée. Dans deux ou trois jours, il n'y paraîtra plus.

— Tu sais, Marie... Ju n'est pas comme toi. La vie ici ne lui plaît pas. Si tu n'étais pas venue t'installer avec nous, elle m'aurait quitté... j'en suis sûr. Lorsque tu étais à Paris, ces derniers temps, elle se renfermait sur elle-même.

— Mais tu dis n'importe quoi ! Je l'avais tous les jours au téléphone, elle était fatiguée par sa grossesse, mais elle t'a toujours aimé et elle aime sa vie avec toi. Je t'interdis d'en douter.

— Je sais ce que je dis... nous sommes durs ici, pour elle c'était difficile à supporter. De plus en plus difficile.

— Tu racontes des trucs pas possibles. Qu'est-ce que tu me fais là ? Une dépression post-partum ? C'est trop tôt et c'est la mère qui fait ça en général, pas le père !

— Je sais de quoi je parle !

— Ju était inquiète à l'approche de l'accouchement et c'est normal ! Rien de plus !

Mais il regarde ses enfants sans les voir.

— Milo, Juliette t'adore, alors arrête immédiatement de te torturer la tête. Tu vas mal, toi !

Le médecin revient avec la puéricultrice, mettant fin à la discussion, mais pas au malaise de Marie.

— Voilà, nous nous sommes arrangés. Dans la journée, vous pourrez venir vous occuper des petits à la place de leur maman. Maintenant, je vous amène auprès de votre femme. Elle se réveille doucement, ajoute le docteur avant d'entraîner Milo.

Marie reste avec la puéricultrice, qui lui explique comment manipuler les bébés sans les sortir de la couveuse. Ils ont été déshabillés et paraissent encore plus fragiles, ainsi vêtus de leur seule et minuscule couche.

— Pour aujourd'hui du moins. Demain, je pense que vous pourrez les prendre un peu. Ils ne sont pas spécialement petits, pas déshydratés, ils sont prématurés de dix jours seulement. On voit très bien qu'ils sont parfaitement formés. Ils ne sont pas trop maigres. Leur petitesse n'est due qu'au fait qu'ils étaient deux. Tout va bien, mais aujourd'hui on les laisse là-dedans. Vous pouvez les toucher en passant vos bras dans les hublots.

Marie ne se le fait pas dire deux fois. Elle se badigeonne les mains au purell, les frotte dessus, dessous, entre ses doigts, les ongles. Lorsque le produit désinfectant est sec, elle enfile les fins gants de chirurgien que la puéricultrice lui donne. Elle peut enfin passer ses mains et toucher les bras, les jambes, le ventre de ces petits bouts de vie qui ouvrent grands leurs yeux, qui ne voient pas encore. Elle leur parle doucement.

— Caressez-les, ça les stimule et les réconforte, les rassure. Même en étant ensemble. Rendez-vous compte du bruit qui soudain les agresse. La chaleur du liquide amniotique dans laquelle ils baignaient et qui faisait tampon acoustique a disparu.

D'un milieu aquatique où ils étaient proches et bercés par le rythme cardiaque de leur mère, où ils flottaient doucement, ils se retrouvent seuls, ils doivent respirer pas eux-mêmes. C'est un changement radical. Les contacts que vous aurez avec eux les aideront à s'acclimater à leur nouvel environnement. N'hésitez pas.

— Ne vous inquiétez pas ! Je ne vais pas les lâcher !

Ses mains caressent les têtes, les ventres, sa voix se fait douce pour leur parler.

La puéricultrice rit.

— Ils doivent dormir aussi.

La porte s'ouvre à nouveau. Milo est de retour.

— Alors ?

Il fait le tour de la couveuse avant de lui répondre.

— Je lui ai parlé à peine deux minutes. Elle s'est endormie tout de suite. J'ai tout juste eu le temps de lui dire que ses bébés allaient bien et que tu avais demandé à rester pour t'en occuper.

J'ai vu que ça lui faisait plaisir, elle a souri avant de se rendormir.

— Tu es rassuré ?

— Un peu...

Quelqu'un toque à la porte, et entre. Un homme souriant, la petite cinquantaine, s'avance. Pas très grand, mince, il camoufle sa calvitie naissante par une tonsure sévère. Il tend une main ferme en se présentant.

— Bonjour, je suis le docteur Leclerc, le pédiatre de l'hôpital. Je suis là pour faire une première visite aux jumeaux pressés.

Comme Juliette un peu plus tôt, il nettoie ses mains avec un produit bleu comme le purell, avant de passer des gants fins et transparents. Il plie deux ou trois fois ses phalanges, sans doute pour s'assurer de la bonne mise en place des doigts de latex. Puis, frottant ses mains gantées l'une contre l'autre pour les réchauffer, il les passe par les hublots. Il palpe les petits ventres, les membres. Il tire doucement sur les bras et les jambes, et regarde comment les bébés réagissent. Soudain, il se met à rire.

— Ils sont bien toniques. Ils tirent fort si je retiens trop. Ils n'aiment pas ça.

Comme pour lui donner raison, Antoine commence à pleurer, et sa sœur l'accompagne par solidarité.

— Vous allez m'aider. Refermez la couveuse après moi.

Et il attrape le petit brailleur, le pose sur la table à langer, réchauffe son stéthoscope entre ses mains, avant de le poser sur le torse du petit garçon, puis dans son dos. Le bébé tremble des bras un moment, semblant chercher une aide qui ne vient pas.

— Pourquoi, est-ce qu'il fait ça…
— C'est une réaction normale. Le changement de milieu. Les bruits… c'est vrai que je parle fort.

Il a levé le petit et, le tenant par ses minuscules mains fripées, le place devant la table à langer. Antoine lève la jambe, comme pour passer l'obstacle. Marie se mord les lèvres. Le pédiatre sourit à nouveau, l'allonge et masse un moment ses pieds, ses mains… prend son tour de tête.

— Voilà, je te laisse tranquille. Je vais embêter ta sœur.

Il repose Antoine et récupère sa jumelle, lui fait exactement les mêmes misères avant de la reposer dans la couveuse.

— Il n'y a rien à dire. Pas de retard. Pas d'anomalie. Pas de déshydratation. Les réactions sont celles que j'attendais de la part de jumeaux. Tout est parfait. C'est surtout côté respiratoire qu'il faut être vigilant, mais là, au concert qu'ils nous offrent, vous pouvez voir par vous-même que tout est normal. Si jamais ils nous faisaient un ictère de naissance, ne vous inquiétez pas, on les mettrait quelques heures par jour sous des ultra-violets. Vous savez, cette lumière bleue qui détruit la bilirubine. Et voilà. Si vous avez le moindre doute, je suis ici trois jours par semaine. Si vous voulez, vous pouvez aussi me joindre à ce numéro. Je repasserai demain et peut-être pourrons-nous les habiller et les mettre dans leur lit pour la journée.

Et il met dans la main de Marie une carte, avec l'adresse et les numéros de téléphone de son cabinet, à Arles.

— N'hésitez pas. Au fait… c'est une bonne chose que vous puissiez vous occuper des petits. C'est très important.

Il part comme il est venu, en souriant.

— Je le trouve bien, ce pédiatre. Et toi ?

Milo, qui n'a plus dit un mot depuis l'arrivée du médecin, semble se réveiller soudain.

— Oui ! Il a l'air bien.
— Milo, réagis ! Juliette ne doit pas te voir dans cet état. Il faut la soutenir maintenant. C'est elle qui a besoin d'aide. Les bébés vont bien, je m'en occupe. Tu dois absolument faire bonne figure devant ta femme ! Allez ! Demain ça ira mieux, là, tu es sous le choc. Rentre si tu veux, je prendrai un taxi.

Mais il refuse, il préfère attendre sa vieille complice. Il s'assoit dans un coin de la chambre et y reste, aussi muet qu'une tombe.

Marie continue à parler et à tripoter les petits. Lorsque la puéricultrice revient pour récupérer les bébés, elle n'a pas vu le temps passer.

— À quelle heure puis-je venir demain ?
— Venez vers neuf heures… ça me semble bien, neuf heures.

— Il n'y a besoin de rien pour les petits ?

— De rien ! Ne vous inquiétez pas.

— S'il y avait quelque chose, vous nous appelleriez, bien sûr...

— Tout ira bien.

— Mais pour la maman ?

— Elle est faible mais elle va bien. Soyez tranquille.

Ils partent donc tous les deux, tristes de laisser derrière eux ceux qu'ils aiment.

Milo conduit doucement. Marie appelle Charly.

— Que je suis heureuse de t'entendre.

— Et moi, je commençais à m'inquiéter ? Depuis que tu es partie à neuf heures ce matin, je suis sans nouvelles.

— Je suis désolée, mais je n'avais pas de portable. Dans la maternité, il faut les éteindre. Et puis, ça a été une journée chargée. Mais Manon et Antoine sont magnifiques. Ils sont si petits, si tu savais. Dans mes bras, ils ne pesaient rien...

Elle parle encore quelques minutes.

— Je peux te rappeler quand je serai arrivée, je suis encore en voiture.

Il leur faut presque une heure pour faire les trente-cinq kilomètres qui séparent l'hôpital du gîte.

— Je prends une douche et je viens manger un morceau avec toi ! annonce Marie, et elle insiste car Milo veut aller se coucher directement.

À peine a-t-elle quitté son ami qu'elle appelle Charly.

— Qu'est-ce qu'il se passe ? Tu n'as pas voulu parler devant Milo ? Il y a eu un problème ?

— Eh bien, Ju a fait une grosse chute de tension et une hémorragie carabinée. Ils l'ont endormie pour la prendre en charge. Le gynécologue n'arrivait pas à venir à bout de l'hémorragie en question. Ils ont eu du mal à stabiliser sa tension… bref, Milo est défait. Il n'a presque pas regardé les petits. Il ne pensait qu'à Ju… dur dur !

— Mais toi ! Tu tiens le coup ?

— Oui… ça va, mais c'est dur… les bébés tout seuls, enfin sans leur mère, sans nous. J'ai obtenu l'autorisation, demain et les jours suivants, je reste à la maternité toute la journée pour m'occuper d'eux. J'ai vu le pédiatre. Tout va bien. Il est très énergique. Les infirmières sont gentilles comme tout. Tu descends quand, toi ? Vendredi matin comme prévu ?

— Je vais tâcher de descendre jeudi soir. Histoire de passer une nuit de plus avec toi, et d'être sur place pour t'accompagner à la maternité, mon ange. C'est dur d'être seul à la maison, tu me manques…

— Et moi… seule ici avec tout le monde qui craque et qui s'effondre… Remarque, si tu arrives jeudi soir, il n'y a plus que deux jours à attendre. Et à la fin de la semaine prochaine, tu es ici pour presque vingt jours. C'est ce qui va m'aider à tenir.

Ils parlent encore quelques instants. Le temps de se dire à quel point ils se languissent l'un de l'autre, à quel point ils ont hâte de se retrouver.

Milo boit une bière dans sa cuisine. À son regard, Marie comprend que ce n'est pas la première. Elle se dépêche de préparer une omelette et une salade, sort du pain et une terrine de pâté. Elle prépare des tartines croquantes qu'elle dépose sur une assiette devant lui.

Sans commentaires, il repousse l'assiette.

— Écoute Milo, demain, Juliette sera en état de parler, de voir les choses en face. Si elle te voit arriver avec une gueule de bois, elle sera déçue. Tu imagines ce qu'elle vient de traverser pour mettre vos enfants au monde ? Alors tu vas finir ta bière, OK, mais tu vas manger ce que je mettrai devant toi et basta ! Finies les conneries. Ju va avoir besoin de nous. Seule, je ne pourrai pas tout assumer. Charly arrive dans deux jours, mais il aura encore une semaine de travail avant d'être en congés. Il n'y a que nous deux. Mange ! Tu es plein de bière. Demain, avant de partir, je téléphonerai à Biloù, pour qu'il s'occupe des bêtes. Dans trois semaines, les premiers hôtes arriveront. Nous devrons être prêts. D'accord ?

— Je me sens pas de faire rien !

— Eh bien tu as intérêt « de te sentir de faire tout » ! Parce que nous avons des dettes à rembourser et un compte en banque qui diminue dangereusement !

Vu la fatigue de Juliette ces derniers mois, elle a préféré se charger de la paperasse. Elle sait donc de quoi elle parle, il est urgent de faire rentrer de l'argent.

Milo finit par obéir et mange un peu. Sa pâleur a quelque peu disparu et son regard est nettement plus clair. Marie le laisse monter se mettre au lit.

Elle rentre épuisée chez elle, appelle Charly pour lui souhaiter une bonne nuit, l'embrasser.

— Où es-tu ?

— Dans notre lit, j'attendais que tu m'appelles. Comment va Milo ?

— Un peu mieux. Je lui ai mis les points sur les « i »... il se laisse complètement plonger.

— Sois gentille avec lui. Je ne peux même pas m'imaginer comment je pourrais tenir, si tu étais à la place de Ju !

— Mais le médecin m'a assuré que tout allait rentrer dans l'ordre. Il faut juste un peu de temps !

— Oui, mais t'abandonner à l'hôpital... Milo ne peut pas rester un peu avec elle la nuit ?

— J'avoue que je n'ai pas demandé. Je le ferai demain.

La nuit de Marie est agitée. Remplie de cauchemars, qui lui laissent une impression bizarre.

Tôt le lendemain, elle passe sous la douche et se précipite vers le gîte. Milo prépare déjà du café. Du pain chauffe en remplissant la cuisine d'effluves acidulés.

— Hello, il y a un papa par là ?

Milo, rasé de frais, lui sourit.

— Il paraît !

Marie se précipite sur lui.

— J'aime mieux te voir comme ça ! Tu m'as pété un sacré coup de « turtle » hier.

— Je sais pas qui c'est ce turtle, mais m'en parle pas. Je sais pas ce qui m'a pris… j'étais au bord de craquer. Heureusement que tu étais là !

— Eh bien, pas de chance ! Il est interdit de craquer.

Il se met à rire.

— On part dans combien de temps ?

— Écoute, on prend un bon petit-déjeuner, parce que j'ignore si nous déjeunerons aujourd'hui encore. Deux ou trois coups de fil. Je pense que, vers huit heures, on sera bons.

Sept heures cinquante, ils sont prêts à partir. Dans la voiture, Marie parle encore à Charly, qui a déjà gagné l'hôpital. Ils se quittent sur une promesse d'appel entre midi et une heure.

Contrairement au retour la veille, ils mettent une grosse demi-heure pour arriver à la maternité.

Elle se précipite vers la nurserie. Les puéricultrices sont sûrement prévenues.

— Entrez ! On ne vous avait pas dit neuf heures ?

Mais son sourire dit qu'elle ne lui en veut pas, et elle la précède vers la couveuse où les deux petits vagissent.

— Est-ce que je vais pouvoir les habiller et les sortir de la couveuse ? Le pédiatre a dit que ce serait peut-être possible… en tous cas un petit moment chacun.

— Oui, je pense ! Allez voir leur maman, si vous voulez. En attendant, on va les changer, refaire la toilette et le pansement de leur nombril, ainsi vous pourrez les emporter.

Elle ne se le fait pas dire deux fois et se précipite vers la chambre de Ju. Mais elle n'est pas là. Une infirmière lui donne les renseignements voulus. Elle descend au sous-sol, vers les soins intensifs.

Derrière une vitre, Milo, harnaché en cosmonaute, tient la main d'une Juliette transparente de pâleur. Il lui parle et elle sourit doucement.

— Ne vous inquiétez pas trop. Elle va remonter la pente. Je ne peux pas vous faire entrer, c'est une seule visite à la fois.

— Bonjour, Docteur, ne vous inquiétez pas pour ça. C'est de son mari dont elle a besoin. Et lui de sa femme. Moi, je remonte avec les enfants.

Et elle remonte, après avoir envoyé moult baisers à son amie. Les petits regagnent la chambre en couveuse, où la jeune femme a enfin le droit de les habiller et de les mettre dans leur petit lit.

Sous l'œil de la puéricultrice, elle prend le petit corps tout chaud de sa filleule contre elle. Par précaution, elle a enfilé une blouse blanche. Manon agite ses petits bras, en vagissant doucement. Marie, qui a préparé les petits vêtements, habille la fillette de ses mains tremblantes, embrasse son petit crâne chaud et ridé. Du duvet pousse sur le haut de son front et dans son dos. Un duvet brun, ce qui étonne la jeune femme.

— C'est souvent le cas chez les tout petits enfants qui sont un peu en avance.

Mais Marie n'entend rien, elle retient ses larmes, en regardant le petit miracle dans ses bras. La petite fille a cessé de vagir, son regard si bleu fixant sa marraine qui lui parle doucement. Elle attend encore quelques instants et, reposant sa filleule, prend son frère. Il ouvre de grands yeux surpris. Elle l'habille lui aussi en lui parlant de sa voix la plus douce, avant de le coller contre elle.

— Je vois que vous vous en sortez bien… je vais aller chercher deux biberons, histoire de voir s'ils commencent à téter.

La jeune femme disparaît, laissant Marie continuer son monologue.

— Tu as vu, tatie tremble moins. Tu es tout beau.

Comme sa sœur, Antoine la fixe de ses yeux bleus étonnamment clairs. Marie éclate d'un rire contenu.

— Tu te demandes qui je suis ou tu cherches où tu as déjà entendu ma voix ?

Elle répète plusieurs fois son prénom.

Manon, trouvant peut-être le temps long, a repris ses vagissements ; et Marie, passant son bras sous son dos, la soulève elle aussi et lui parle en même temps qu'à son frère.

Assise sur le lit, un bébé dans chaque bras, elle pense que c'est ça le bonheur.

— Voilà comment on donne de mauvaises habitudes aux enfants. En les gardant collés à soi toute la journée…

Le docteur Leclerc vient d'entrer.

— Je plaisante. Les prématurés ont besoin de chaleur. Même les prématurés de dix jours. Et puis, même s'ils étaient arrivés avec dix jours de retard, vous les prendriez aussi… je me trompe ?

Marie reconnaît en riant qu'il a raison.

— Ils me regardent, mais je pense qu'ils ne voient pas encore.
— Non… ils suivent le son de votre voix, ils commenceront à voir des ombres dans quelques jours. Allez, donnez-moi un de ces loustics, que je voie comment ils se portent.

Il attrape le plus près de lui, Antoine, et le pose sur le lit.

— C'est moins froid que la table à langer. Hein, mon p'tit bonhomme ?

Comme la veille, il palpe les petits ventres. Regarde les nombrils, auxquels s'accroche la grosse pince de plastique. Il refait les pansements et annonce que tout est parfait, et qu'il faut à présent tenter de faire téter les petites bestioles.

— Loustics, bestioles… tous vos petits patients ont les mêmes surnoms ?
— Bien sûr ! Tiens, voilà le rata ! annonce-t-il, en voyant entrer la puéricultrice.
— Donnez ! On va s'en charger !

Il récupère et le biberon et Antoine.

— Viens, petit mec. On va mettre une pilule aux filles.

Il passe le bibi sur les lèvres minces de l'enfant.

— Allez, mon grand.

Le « grand » finit par ouvrir son petit bec, repousse la tétine, la reprend…

Pendant ce temps, Manon s'est précipitée sur la tétine, ayant immédiatement compris comment fonctionnait cette affaire. Elle avale les dix millilitres d'une traite et, dans la foulée, émet un rot tonitruant qui la surprend elle-même.

— Ne me dites pas que cette petite chatou nous a fait perdre notre course…

— Il semblerait…

— Mais qu'est-ce que tu fous doudou dis-donc !

— Ben il fout, il fout… c'est vous qui ne l'aidez pas.

— Eh bien prenez-le, puisque vous êtes si forte !

Ils échangent les bébés. Manon fronce ses sourcils avant de fermer les yeux et de s'endormir. Marie présente la tétine à Antoine en ayant soin d'appuyer légèrement dessus, dès qu'il l'a entre les lèvres, afin qu'un peu de lait en sorte. Aussitôt, il se met à téter. Contrairement à sa sœur, il prend son temps, mais s'en tire honorablement.

— Je vois que vous avez grande habitude ! Vous avez combien d'enfants ? Deux douzaines ?

— Aucun… mais j'ai élevé trois poulains.

Le pédiatre éclate d'un rire énorme, qui fait sursauter les bébés. Il baisse d'un cran dans les décibels et reprend.

— Pardon, vous me reprochiez de leur donner des noms d'oiseaux… et voilà que vous les comparez à des poulains.

— Pas du tout. Un biberon est un biberon. Qu'il contienne dix millilitres ou trois mille, c'est du pareil au même, j'ai eu une petite jument qui n'avait pas de lait et j'ai nourri sa fille au bibi. Au début elle refusait la tétine, quand elle a senti le lait, elle a commencé à boire, et ne s'est plus arrêtée d'ailleurs.

— Ainsi vous élevez des chevaux… il faudra que vous m'en parliez un soir… on pourrait aller dîner…

— Je ne pense pas que mon mari apprécierait… De la même manière que je n'apprécierais pas qu'il aille dîner avec une autre femme que moi en mon absence.

— Excusez-moi… comme, vous avez dit que vous n'aviez pas d'enfants… j'ai bêtement pensé… je vous demande de me pardonner.

— Il n'y a pas de mal, vraiment. Et rien ne vous empêche de venir un jour déjeuner ou dîner au Fandango. Ce sera vraiment un grand plaisir de vous recevoir. Et puis de toute façon, vous allez suivre les petits bouts… alors vous serez bien obligé de venir. Je vous présenterai mes bébés à quatre pattes.

— Volontiers… c'est trop indiscret de vous demander pourquoi vous n'avez jamais eu d'enfants ? Vous avez l'air de les aimer.

— Je les adore. Mais c'est une longue histoire. Je vous la raconterai un jour. Promis, mais autour d'un verre !

Il remet la petite fille dans le berceau, caresse le duvet brun qu'elle a sur le crâne et sourit à Marie avant de partir.

— Appelez quand vous voudrez.

Antoine s'est endormi contre son épaule. Elle le garde encore un instant, se réconfortant à sa chaleur.

J'aimerais que Charly soit là.

Mais c'est Milo qui arrive. Il sourit.

— Elle dort. Elle va mieux, si elle reprend bien des forces, ils la remonteront dans un ou deux jours. Merci, Marie.

— De quoi ?

— D'être là, alors que tu pourrais être avec ton mari. De t'occuper des petits et de m'aider à garder le cap.

— Tu sais bien que j'aime Juliette comme une sœur. Et toi, je t'aime comme un frère. Et tu sais que c'est vrai. Je suis heureuse d'être ici et je ne voudrais pour rien au monde être ailleurs. Demain soir, mon mari sera là, et il ne manquera plus rien à mon bonheur.

Même si elle n'avoue pas à quel point Charly lui manque, elle ne ment pas.

Elle change les couches, tient tour à tour les enfants dans ses bras lorsqu'ils pleurent. La puéricultrice lui montre comment les garder sur le ventre, pour soulager leurs coliques.

Elle peut voir Juliette un petit instant, lui donne des nouvelles de ses enfants et la fait rire en lui racontant la course aux bibis.

Ils rentrent de leur journée épuisés mais heureux. Un peu plus sereins que la veille. Pendant qu'elle se précipite pour appeler Charly, Milo se charge du repas.

Elle ne parle pas du pédiatre, pas au téléphone, mais donne les détails de sa journée, n'ayant pas pu s'attarder à midi.

— Vivement demain… je n'en peux plus.

— Et moi, même avec mes patients, j'ai un mal fou à me concentrer. J'ai hâte de venir demain. Tu crois que je devrais décaler mes congés ?

— Non, là c'est le binz complet. Je préfère que tu sois là lorsque les choses seront un peu plus calmes et que je pourrais être avec toi à la maison, même si je dois m'occuper des petits.

— Tu n'aurais pas rencontré un beau chirurgien, toi, par hasard ?

Et sa voix n'est pas tellement rassurée. Elle rit en lui jurant qu'il est le seul homme qu'elle ait jamais souhaité rencontrer.

Elle rejoint Milo.

Je ne sais pas si je pourrais lui dire pour Leclerc… après tout, il ne s'est rien passé ; et j'ai remis les choses au point immédiatement. Mais si c'était le contraire qui se produisait… est-ce que j'aimerais mieux qu'il me le dise ? Si c'est vraiment sans espoir comme moi, il pourrait se taire. En plus, je n'ai pas envie qu'il soit dans tous ses états chaque fois que le pédiatre fait une visite aux petits.

Milo a fait cuire du poisson en papillotes avec des petits légumes.

— Charly va bien ? Il tient le coup sans toi ?

— Oui, parce qu'il arrive demain.

Ils mangent en silence et regagnent leurs lits respectifs.

La journée du lendemain est à peu près identique à la précédente. Leclerc ne fait aucune apparition. Pourtant, elle l'aperçoit dans la nurserie en arrivant le matin.

Elle donne les biberons, change les couches collées d'une matière noire et gluante. Les petites jambes fripées des enfants, qu'elle soulève pour nettoyer les fesses minuscules, sont douces, comme poudrées.

— J'adore vous tripoter, vous sentez bon. Je vous adore.

Et les enfants tournent la tête en direction de sa voix.

Charly l'a avertie qu'il arriverait vers vingt et une heures. Elle a insisté pour que Milo accepte de dîner avec eux.

— Vous avez besoin d'être un peu seuls. On dînera demain.

— Ne t'inquiète pas, on va avoir du temps. Ce soir, c'est avec toi.

Charly arrive alors qu'ils préparent le dîner. Il se jette sur sa femme, la serre contre lui à l'étouffer et l'embrasse sans vergogne sous l'œil amusé de Milo.

Ensuite, il félicite chaleureusement l'heureux papa. Sortant une bouteille de vin, il décrète qu'il a besoin de boire un verre.

— J'ai pris la bouteille à Paris, au risque de pourrir tous les cadeaux des enfants si elle avait explosé.

Il dépose un grand sac sur la table de la cuisine, sert des ballons qu'il distribue. Ils trinquent à la santé des enfants et de leur mère.

— Je vais attendre Ju pour ouvrir les paquets.

Mais Marie a comme un regret dans la voix.

— Les belles-filles te connaissent bien. Elles n'ont pas fait fermer les boîtes !

En riant, Marie se précipite sur le grand sac et la demi-douzaine de boîtes colorées, d'une marque enfantine célèbre. Elle en sort des petits ensembles de toute beauté. Assortis, fille et garçon, couleurs et formes… de vrais petits bijoux. Elle refait les paquets et les monte dans la chambre des jumeaux.

Le dîner est relativement vite expédié et Marie fait le service de manière à laisser les hommes parler entre eux.

Enfin, Charly entraîne sa femme dans leur refuge. Marie a préparé du feu dans la cheminée à son intention.

— Laisse tomber le feu ! Je suis bouillant comme une baraque à frites belge !

Marie rit tellement qu'il n'arrive même pas à l'embrasser.

Il finit tout de même par la coincer, commence à la déshabiller et l'allonge sur le canapé.

— Je suis trop impatient pour monter à l'étage !

Et en parlant, il lance ses vêtements à qui mieux mieux sous l'œil rieur de sa femme, qui tente de le débarrasser des siens.

Les rires font place aux soupirs.

Lorsque le réveil sonne, ils poussent une plainte de désespoir.

— Dis-moi que c'est une blague…, souffle Charly, et Marie éclate de rire.

— J'ai rencontré la seule femme qui s'endort en riant et se réveille en riant. Bonjour, mon cœur.

Douche, vêtements, premier café, derniers baisers tranquilles avant quelques heures, et ils rejoignent Milo.

La journée commence.

Rodée à présent, Marie se précipite vers la nurserie et récupère les bébés. Dans la chambre, elle les présente à Charly.

— Est-ce que tu vas faire comme Milo ? Il n'a pas encore voulu les prendre.

Pour toute réponse, il attrape délicatement Antoine dans les bras de sa femme.

— Bonjour, bébé. Tu es bien petit… il va falloir en mettre un coup sur les biberons, dis-moi…

Puis, se tournant vers Marie :

— Ils sont si petits… et légers, c'est hallucinant comme on oublie.

— Ils sont beaux, tu ne trouves pas ?

— Ils sont magnifiques…

— Et tu vas voir comme ils tètent bien. Ils ont compris immédiatement.

— Bonjour.

Ils se retournent, le docteur Leclerc se tient devant la porte. Les biberons dans les mains.

— Je vois que vous n'avez pas besoin d'aide aujourd'hui.

Il pose les bibis sur le lit et tend la main à Charly.

— Je suis le docteur Leclerc.

— Enchanté !

Mais le ton de Charly ne l'est pas tant que ça. Marie fait donc les présentations.

— Voici mon mari, Charly. Il arrive de Paris où il est psychiatre.

— Parfait… je jette juste un œil sur les enfants, et je vous laisse.

Il prend Manon des bras de Marie et la dépose sur la table à langer, sur laquelle la jeune femme a posé une épaisse serviette de bain en velours. Comme les jours précédents, il palpe la petite, lui parlant doucement. Il défait le pansement du nombril et rassure Marie qui trouve bizarre la noirceur du morceau de cordon ombilical. Il récupère ensuite Antoine dans les bras de Charly et fait de même, avant de disparaître.

— Eh bien… on peut dire que tu as fait une conquête ! Tu as vu comment il te regarde ? s'exclame-t-il.
— Pas du tout. C'est un très bon pédiatre et il a été très gentil le premier jour alors que j'étais débordée avec les jumeaux.
— Tu peux me croire. Il te trouve à son goût !

Marie se colle à lui, aussi près que le leur permettent les bébés dans leurs bras, et l'embrasse.

— Tu dis des bêtises. C'est toi que j'aime. Mais ta jalousie est flatteuse.

— Ouaiiis ! Mais qu'il en reste au stade de l'admiration…
sinon il va y avoir du sang. Il ne faut pas oublier que je suis un
vrai Santorin, moi. J'ai le sang chaud !

— Tu n'es pas un Santorin, mais un *Santenco* !

Bien sûr, Marie rigole. Et l'histoire prend fin.

Le soir même, la jeune femme passe un long moment au téléphone avec Aude et Marina, racontant les derniers rebondissements, remerciant pour les si jolis petits ensembles…

Elle a tout juste raccroché son portable que le téléphone du gîte sonne lui aussi. C'est Jean. Il vient prendre des nouvelles de Ju et des petits, et veut parler à Charly, de quelques points de détails concernant les aménagements du « Casteù Doù Fioù ».

Il aura des plans à présenter le week-end suivant, quand les enfants descendront pour signer.

— Il est plus bavard au téléphone qu'en chair et en os ! fait remarquer Marie.

Le week-end passe vite et sans incident majeur. Charly fait tout de même remarquer que le pédiatre ne s'est pas montré.

— Il attend sûrement que je sois parti !

— Tu es terrible ! Il a sûrement une vie, après le travail. Arrête d'en rajouter.

— Alors, dis-moi que je suis le seul homme de ta vie !

— Comme si tu ne le savais pas ! Tu es le seul homme de ma vie et tu seras le dernier quoi qu'il arrive !

— Tu sais, on ignore ce que la vie nous réserve. Mais je suis sûr que tu le penses à cet instant. Je te remercie de le dire.

— Qu'est-ce qu'il t'arrive, dans quatre jours tu es là !

— J'ai beaucoup de mal à te quitter.

— Moi aussi. Et crois-moi, si je pouvais faire autrement, je le ferais ! Je déteste te quitter dans cet état d'esprit, en plus.

Mais il l'appelle de l'aéroport, puis de Paris. À nouveau à son arrivée, chez les enfants. Tout va bien.

Et Marie et Milo reprennent le chemin de l'hôpital.

Avec le train d'enfer qu'ils mènent, le week-end arrive vite, entre les premières lessives pour les jumeaux et leur mère, les trajets, et le travail qui commence. Marie repasse les petites brassières dans son séjour, lorsque Charly fait irruption.

— Tu vois que tout va bien ! s'écrie Marie, en sautant au cou de son époux. Il la serre aussi fort que possible.

— Tu vas m'étouffer ! s'écrie-t-elle.

Mais elle rit, heureuse de ce besoin qu'il a d'elle. Il attaque aussitôt.

— Des nouvelles du pédiatre ?

— Mais tu es terrible ! Qu'est-ce qu'il t'a fait, cet homme ?

— À moi, rien ! Et je suis certain que ce n'est pas à moi qu'il veut faire des trucs !

— Écoute, il m'a vue seule, décomposée, débordée et en larmes, avec les jumeaux… il m'a invitée au restaurant, très poliment. J'ai déclaré que mon mari n'aimerait sûrement pas ça. De même que je n'apprécierais pas que tu ailles au restaurant avec une autre, en mon absence ! Il a bien compris le message. Fin de l'histoire !

— J'avais raison, je savais bien que tu étais à son goût ! Quand il te regarde, il devient libidineux !

Marie, qui est quand même soulagée d'avoir craché le morceau, éclate de rire.

— Libidineux… tu as de ces expressions !
— Je t'assure !

Mais la jeune femme rit toujours et il finit par rire aussi.
Il l'embrasse longuement, avant de lui avouer ;

— Je sentais qu'il se passait quelque chose… l'amour, ça donne des antennes !
— Je ne voulais pas t'en parler au téléphone, et comme j'avais mis les choses au point immédiatement… enfin, je suis contente d'en avoir parlé !
— Tu peux m'expliquer pourquoi ça ne m'arrive jamais à moi, ce genre de truc ? Histoire de te montrer que, moi aussi, je plais !
— Arrête tout de suite… tu crois que tu es le seul à reconnaître les regards libidineux ? Lorsque nous passons

quelque part, les femmes de dix à quatre-vingt-dix ans bavent en t'apercevant !

— Je sais que c'est faux, mais je te remercie de ce vote de confiance !

— Faux ? Mon œil ! D'ailleurs, tu crois que je t'épuise au lit pourquoi, lorsque je t'ai sous la main ?

C'est au tour de Charly d'éclater de rire.

— Je croyais que tu ne parlais pas de ces choses-là !
— Oui, certes, mais en cas d'urgence… il faut ce qu'il faut !

Ils rejoignent le gros des troupes au gîte. La famille est là au grand complet. Il y a embrassade générale, et les jeunes regagnent, pour une des dernières fois de la saison, leurs chambres respectives. Ils y resteront une semaine, avant de regagner la capitale, pour le galop final. Lorsqu'ils redescendront, ce sera définitif.

Heureux comme un poisson dans l'eau, Charly prend ses marques.

— Trois semaines ici, avec toi ! Un rêve !

Demain, Jean arrivera avec les plans. Dans l'après-midi, ils signeront le protocole d'achat chez le notaire de la famille.

Coup dur

Marie continue ses allers-retours du gîte à l'hôpital. Tour à tour, les membres de la famille l'accompagnent. Charly est du voyage chaque jour. Le docteur Leclerc et lui semblent avoir passé un pacte secret. Ils se parlent très poliment.

L'affaire est close.

Le protocole est signé. Au domaine du Casteù, des hommes venus d'ils ne savent où ont entrepris de tailler les vignes. Les garçons, sur les talons de Maistre Gilles, prennent leurs premières leçons. À quinze kilomètres du gîte, un vignoble abandonné n'attend que ceux qui lui redonneront la vie.

Pendant ce temps au Fandango, les deux sœurs cuisinent pour tous. Elles font leur apprentissage, en nourrissant la famille au grand complet.

— Si on ne meurt pas de malbouffe, ça devrait aller dans quelques mois au domaine, ont décrété leurs maris. Mais rien n'entame leur volonté, et leur détermination est intacte, leur reconversion bien sur les rails.

Charly et Marie, plus amoureux que jamais, savourent ces instants de bonheur.

Dans quelques jours, Ju et les enfants rentreront au bercail.

Tout est pour le mieux. La saison s'annonce fantastique. Le bonheur est palpable.

L'argent de la vente du labo des filles sera bientôt débloqué, une fois le délai légal passé.

Maistre Gilles rajeunit avec son domaine. Il est enchanté du nom que les « petits » lui ont choisi.

L'avenir se présente sous les meilleurs hospices.

— Si on m'avait dit, il y a un an, qu'une femme apporterait tant de changements dans ma vie, je ne l'aurais sûrement pas cru, déclare un soir Charly, blotti contre Marie.

— Parce que tu ne pouvais pas deviner que cette femme, c'était moi ! murmure dans son cou la jeune femme.

Quelque part, pourtant, un téléphone sonne et, s'ils ne dorment pas, les deux amoureux n'entendent rien. Ils profitent l'un de l'autre.

Demain il sera bien temps…

Mais, qu'est-ce que le temps, quand la vie s'en mêle ?

Sans qu'ils s'en doutent, les longues sonneries stridentes résonnent comme des appels au secours. Elles retentissent dans la cuisine du Fandango, mais Milo, dans la chambre, n'entend pas. Il a sombré dans le sommeil, aidé depuis quelque temps par des somnifères, qui l'aident à surmonter les épreuves successives qu'il a eu à affronter depuis la mort d'Anto.

C'est Marie et Charly qui sursautent lorsque le portable, que la jeune femme n'éteint jamais, émet les premières notes de l'hiver, des quatre saisons de Vivaldi.

Ju a fait une nouvelle chute de tension. Un problème que les médecins de l'hôpital n'expliquent pas encore. Elle est dans le coma.

Il ne faut que quelques minutes aux deux époux pour s'habiller et partir réveiller Milo.

Roulant à tombeau ouvert sur la route qui les conduit à Arles, Charly serre les dents.

Pas ça, Seigneur ! Pas ça !

Il est incapable d'aligner une autre pensée à celle-ci. Près de lui, Milo semble égaré. Marie, qui s'accroche au cou de son vieil ami depuis le siège arrière, a sur le visage comme un masque de cire. Pâle, transparente, elle semble se liquéfier un peu plus à chaque kilomètre qu'ils avalent. Inquiet, Charly lui jette de fréquents coups d'œil dans le rétroviseur.

Il freine devant l'hôpital, qui semble dormir calmement, comme si aucun drame ne se jouait derrière ses murs lisses.

Dans le hall de réception, une infirmière les attend. Elle appelle immédiatement le service concerné, et le médecin arrive.

Il ne perd pas de temps en formules de politesse vides. Il entre dans le vif du sujet. Milo, hagard, et Marie, tétanisée, c'est Charly qui prend en main la discussion. Les termes employés, les détails techniques… il est à même de les comprendre. Il discute un long moment avec le praticien. Ce dernier est heureux d'avoir affaire à un professionnel, qui assimile au quart de tour, qui pose les bonnes questions et surtout en comprend les réponses ; au lieu d'un membre de la famille effondré, dont la panique brouillerait un peu plus encore la compréhension.

Face à un confrère, il parle librement.

Charly, qui tient la main de sa femme, caresse son menton d'un geste automatique de sa main restée libre ; et Marie, qui le connaît bien, sait que c'est un signe de grande préoccupation.

Le médecin passe d'une jambe sur l'autre.

— Je vous remercie, finit par dire Charly.

Il se tourne vers le couple effondré, qui lève sur lui des yeux noyés de désespoir.

— Bien… c'est préoccupant, mais elle n'est que dans un coma de stade 2. C'est-à-dire que sa capacité d'éveil a disparu. Elle a quelques rares réactions aux stimuli douloureux, mais vraiment rares. Et la communication avec les autres n'est plus.

Milo respire bruyamment. Marie, par contre, a l'impression que la capacité de ses poumons est réduite à zéro. Elle lève sur son époux des yeux qui semblent se dilater sous l'effet de la peur.

— Il y a combien de niveaux de comas ? demande Marie.
— Quatre, mon cœur. Attendez, le stade 2 du coma est impressionnant, préoccupant, mais dans le cas de Ju, le médecin pense qu'il est dû au traumatisme de l'accouchement. Il peut exister un délai entre le traumatisme et le coma, et dans son cas, le médecin penche pour ce diagnostic. Ju n'a pas fait d'insuffisance respiratoire. Le dernier bilan sanguin ne

présentait aucune anomalie. Elle n'a pas fait de syndrome confusionnel précomateux. Pas de convulsions…

— Et alors, ça veut dire quoi ? le coupe Marie, d'une voix tremblante, que Charly ne reconnaît pas.

— Alors, elle n'a pas fait un coma d'apparition progressive. Elle s'est endormie profondément, simplifie-t-il, pour les deux êtres égarés suspendus à ses lèvres, qui cherchent une explication derrière chaque mot.

— Dans quelques heures, on lui refera un bilan sanguin complet. Un scanner cérébral. Le service obstétrique a déjà averti le service de neurochirurgie. Ju y a été transférée, et a été prise en charge immédiatement, le neurologue du service est déjà à son chevet. Dans quelques heures, je pense que nous en saurons plus.

— Tu crois que tout peut-être tenté ici ? Qu'il y a de bons spécialistes ? On ne devrait pas envisager son transfert ?

Marie ne sait plus ni à qui, ni à quoi s'accrocher.

— Elle peut être prise en charge ici, dans un premier temps, mais si nous le demandons, elle sera transférée sur La Timone à Marseille. De toute façon, dès huit heures, j'appelle mon confrère à Paris. S'il faut lui payer le déplacement, on lui paiera.

C'est le chef du service de neuro-chir, à la Salpêtrière, mais c'est avant tout un ami.

Le regard de la jeune femme le remercie mieux que ne le feraient bien des mots.

— De toute façon, et en attendant, les examens qui vont être faits sur place aideront à décanter la situation. Je vais rester près d'elle, et surveiller ses fonctions vitales.

— Bien, moi et Milo, on s'occupera des jumeaux. Surtout, tu nous tiens au courant.

— Je vais la voir et je passerai vous donner des nouvelles.

Il dépose un baiser sur les lèvres glacées de sa femme, la serre contre lui en lui murmurant mille recommandations, mille mots rassurants, avant de s'éloigner d'un pas rapide vers l'ascenseur. Marie entraîne Milo, qui la suit sans résistance. Tout l'étage est au courant de l'aggravation soudaine de l'état de la maman des jumeaux, et la pouponnière leur confie la couveuse en leur murmurant des paroles encourageantes.

Les petits dorment. Milo se laisse tomber dans un fauteuil, le visage dans les mains. Marie ne se sent pas la force de l'encourager ou de l'aider d'aucune manière que ce soit. Elle s'allonge sur le lit, les yeux rivés sur la couveuse où, par moment, Antoine ou Manon sourient timidement aux anges. Elle revit les épreuves qu'elle et Ju ont traversées au cours des années et à cette amitié indéfectible qui en est née.

Tu es ma sœur, Ju… accroche-toi…

Charly les rejoint une demi-heure plus tard. Il s'assoit sur le lit, près de la jeune femme qui n'a pas eu la force de se lever suffisamment vite.

— Les fonctions vitales de Ju sont bonnes et stables. Tension, cœur, respiration. On l'a intubée par précaution, mise sous perfusion de sérum glucosé, pour parer à l'éventualité d'un coma diabétique… ce qui est hautement improbable, mais ça fait toujours une cause supplémentaire à éliminer. J'ai pincé et piqué Ju, il est vrai qu'elle ne réagit pas à cent pour cent, mais elle réagit quand même assez bien aux stimuli douloureux et de façon appropriée… ce qui est très bon signe. Tâchez de tenir le coup. Ju va avoir besoin de vous et les bouts de choux, là, aussi.

Il embrasse Marie, la tient un moment contre lui.

— Est-ce qu'elle ne risque pas de sombrer dans un autre coma plus profond ?

Il fallait que tu mettes le doigt dessus, mon amour !

— N'envisageons pas le pire, mon ange. Tout le monde est sur le pont. Elle est sous surveillance constante. Rien n'indique qu'elle sombre. Je vais appeler les enfants, ils vont s'affoler s'ils trouvent la maison vide.

— Reste encore un peu, murmure Marie.

Il téléphone donc à Thibaud, sa femme collée à lui, explique succinctement à son fils les tenants et les aboutissants du problème. Lorsqu'il raccroche, il berce contre lui, un moment encore, la jeune femme éperdue, avant de s'en détacher avec peine.

Mais les jumeaux se réveillent, apportant un dérivatif au chagrin, à la peur et aux doutes qui étreignent Marie.

Elle reprend confiance en serrant les enfants chauds contre son cœur.

— Il faut donner de la force à Maman, mes chéris, beaucoup de force. Elle a besoin de nous.

Elle pouponne comme à son habitude, sans réussir à faire réagir Milo. Il est prostré dans sa chaise. La jeune femme a beau lui parler, rien n'y fait.

Charly passe environ toutes les heures, comme il l'a promis. Son ami neurologue, qu'il a pu joindre, arrivera en tout début d'après-midi. Il a accepté immédiatement de descendre sur Arles, pour voir Juliette. Charly, à sa demande, a fait rajouter quelques dosages aux nouveaux examens. Certains des résultats tomberont dans le courant de l'après-midi.

Le pédiatre des jumeaux passe pour prendre des nouvelles et proposer ses services.

— Quel que soit le besoin. Jour et nuit, vous pouvez compter sur moi.

Il examine encore les nourrissons, afin de rassurer leur tante.

— Ils sont en pleine forme. Manon a pris quasiment cinq cents grammes en douze jours, et Antoine un peu plus. Ils sont super réactifs, vraiment, ne vous inquiétez pas pour eux, répète-t-il plusieurs fois.

Et en effet, Marie les trouve plus charnus. Les replis de leurs petites jambes sont plus pleins, leur peau plus tonique et leurs doigts des pieds et des mains moins fripés.

Ils connaissent très bien le son de sa voix et ne la quittent pas des yeux, lorsqu'elle leur parle.

Charly vient annoncer l'arrivée de son collègue et ami. Cet éminent personnage met en émoi tout le service neurologique. Chacun s'est empressé de répondre à ses demandes. Il n'en remarque rien, habitué qu'il est à ce qu'il en soit ainsi.

Il se déclare satisfait du scanner cérébral.

Il examine Juliette longuement, trouve ses membres raides, sa tension artérielle basse, une certaine déshydratation des tissus musculaires. Il demande pour la seconde fois les dernières analyses, fronce les sourcils en apprenant qu'elles arriveront sous peu, sous peu n'étant pas acceptable pour lui.

Il discute avec le neurologue du service, donne ses pistes à Charly.

Enfin, les analyses arrivent. Il y plante son long nez à lunettes. Posant son doigt fin et racé sur certains résultats, il émet quelques grognements, discute longuement avec ses collègues. Le neurologue autochtone donne quelques ordres rapides.

Charly, laissant Ju sous la surveillance bienveillante de son ami, retourne en pédiatrie, donner les dernières nouvelles à sa femme et à Milo.

— Il semblerait, d'après les dernières analyses complémentaires demandées, qu'elle ait fait une acidose lactique. Comme elle avait déjà eu des chutes de tentions, on ne s'en est pas spécialement alarmé. Pas plus que de ses raideurs, que le médecin mettait sur le compte de la péridurale. De plus, comme sa glycémie était normale, on est passé à côté. Là, ils vont faire baisser son PH, les lactates, le sodium et le potassium… quand ces marqueurs auront été corrigés, on recherchera les causes de cette crise d'acidose. Dieu merci, ses reins n'ont pas souffert du fait qu'elle ait été immédiatement sondée… on a frôlé la catastrophe, mais évité le pire.

Durant les explications de Charly, Milo le regarde sans le voir, et Marie n'est pas sûre qu'il ait suivi et compris ce qu'il a dit.

— Elle est hors de danger ? demande la jeune femme.

— Disons qu'avoir défini le problème est une bonne chose. Ju va à présent recevoir des soins adaptés, et tout devrait très vite rentrer dans l'ordre. Bien sûr, elle reste sous haute surveillance, en réa. Sous quarante-huit heures, on devrait voir les premiers effets de récupération...

Il explique encore que certains des symptômes de l'acidose sont présents, contrairement à d'autres. Que la faiblesse de Ju, suite à l'accouchement, en a masqué quelques-uns, comme les crampes abdominales, la grande fatigue... Qu'elle est donc entrée dans le coma, sans que les stades successifs de l'acidose, qui reste quand même une maladie rare, n'en soient identifiés.

Avec les nouvelles analyses, ils ont mis également en évidence une carence en vitamine B1.

Charly affiche un bel optimisme, et Marie veut le croire.

Le soir, les dosages ont commencé à s'améliorer. Si Ju reste inconsciente, aucune aggravation n'est apparue. Les médecins affichent un air satisfait.

Charly propose de rester auprès d'elle la nuit durant, mais le neurologue de l'hôpital prétexte sa nuit de garde pour la surveiller lui-même.

Ils rentrent donc au gîte à la nuit tombée. Le chef de service de la Salpêtrière a demandé à ce que tous l'appellent par son prénom, Jérôme donc.

Au Fandango, les filles ont tout de même courageusement préparé un bon repas.

Les garçons sont rentrés du domaine, leurs mains ouvertes par le maniement du sécateur. Roland a du mal à fermer sa main droite, tant elle est enflée.

— Moi, j'en ai besoin quelques jours encore, alors je l'économise ! annonce Thibaut en souriant.

Jérôme fait le tour du propriétaire et s'extasie.

— Attends de voir le vignoble que les enfants ont acheté ! Tu comprendras mieux notre décision de changer de vie, lui dit Charly.

La soirée passe agréablement malgré l'angoisse de tous pour Ju. La présence de Jérôme a un côté rassurant.

Avant que chacun ne regagne sa chambre personnelle, il téléphone à l'hôpital.

— R A S ! s'écrie-t-il en levant les bras au ciel.

Malgré l'inquiétude, Marie dort d'un sommeil de plomb. Blottie dans les bras de Charly, elle n'a pas bougé.

Le déjeuner dans la cuisine du gîte a beaucoup plu au neurochirurgien. Il a très bien dormi, du moins il l'affirme. Milo est toujours hagard. Deux cernes noirs et rouges encerclent ses yeux. Les enfants lui font mille propositions d'aide, qu'il décline les unes après les autres.

Par contre, Marina et Aude annoncent qu'elles ne remonteront pas avec leurs enfants et maris respectifs. Elles restent pour accueillir les premiers hôtes de la saison, Marie étant retenue auprès des jumeaux et Milo auprès de Ju. Cette fois-ci, il hoche la tête.

— Sinon, j'annule ! se contente-t-il de répondre.

Marie les remercie pour lui.

Le coup de fil de l'hôpital les a rassurés. Ju a passé une nuit calme.

À huit heures, la fourgonnette du Fandango, reprend la route avec les enfants à son bord. Ils partent au marché en reconnaissance. L'espace de location, lui, retrouve la route d'Arles.

Chacun à sa place. Marie avec les petits, Charly et Jérôme auprès de Juliette.

Charly remonte peu de temps après pour rassurer Milo, qui a repris sa place immobile dans le fauteuil de la chambre.

— Jérôme fait le point avec le toubib, ensuite tu viendras voir ta femme si tu me promets de ne pas t'affoler de tous les tubes qui l'entourent. Elle est sous perf, sous oxygène, elle est couverte d'électrodes... mais ce n'est rien. Elle est sous surveillance, c'est tout.

Milo promet tout ce que lui demande son ami.

En fin de matinée, les nouvelles sont plutôt bonnes. Un nouveau scanner révèle une stabilité des fonctions cérébrales, de bon augure. Les nouvelles analyses sanguines ébauchent une reprise de normalité des paramètres. Charly vient chercher Milo, puis le remplace près de Marie.

— Jérôme penche pour une encéphalopathie de Wernicke. Elle aurait dû être diagnostiquée avant et on aurait évité le coma, mais avec l'accouchement difficile, on est passé à côté de la plupart des symptômes. Il pense qu'elle va parfaitement se

remettre. Peut-être aura-t-elle quelques jours de flottements…
petites pertes de mémoire passagères.

— Du moment qu'elle se souvient de son mari et de ses
enfants ! décrète la jeune femme.

Vers treize heures, Jérôme remonte les voir.

— J'ai demandé à Milo de parler à sa femme, du coup, à son
réveil, il faudra traiter une sévère migraine. On dirait qu'il a
avalé la radio !

Il réussit à faire rire Marie. Il tripote les jumeaux, raconte
quelques opérations spectaculaires. Vers quatorze heures, une
infirmière arrive essoufflée. Juliette a repris connaissance.
Jérôme part à sa suite.

Milo a demandé à rester auprès de sa femme, et il en a obtenu l'autorisation.

— J'espère qu'il a arrêté de parler. À mon avis, elle est sortie du coma pour le supplier de se taire ! raconte le neurochirurgien, le soir, autour d'un apéritif bien arrosé.

— Juliette est faible, mais a récupéré toutes ses fonctions vitales. Pour la perte de mémoire, elle ne parle pas encore assez pour que l'on s'en aperçoive, son mari le fait pour elle. Elle reconnaît Milo et Charly, sourit quand on lui parle de ses bébés… pour le reste, il ne peut pas y avoir quoi que ce soit de vraiment inquiétant.

Ils parlent à qui mieux mieux de Ju, des petits, de l'organisation. Les garçons remonteront sur Paris dans deux jours.

— Vous vous occuperez bien de Charlotte et Alex, hein, les hommes ? demandent les deux sœurs pour la énième fois. Elles n'ont pas cédé aux nombreuses supplications de la petite fille, qui désire rester en Camargue.

— Puisque je veux travailler ici plus tard ! répète-t-elle inlassablement.

— Tu redescendras pour les vacances ! Il n'y a même plus deux mois à tenir !

Marie prend un petit air guilleret pour annoncer à l'assemblée que le docteur Leclerc lui permet de sortir les enfants quand elle le voudra. L'information est reçue avec des hourras et des bravos. Enfin une bonne nouvelle.

— Si tu me laissais rester, Maman, je pourrais donner un bon coup de main ! se croit autorisée à tenter Charlotte, mais un regard noir de sa mère suffit à la dissuader de continuer.

Il est décidé que, si l'état de Ju continue à s'améliorer aussi vite, Milo restera auprès d'elle. Marie rentrera au gîte avec les petits, elle sera sur place pour superviser et conseiller Aude et Marina. Charly fera la liaison entre les différents pôles d'affolement.

— Vous avez une sacrée organisation ! remarque Jérôme.

Il repartira avec Thibaut et Roland, promet de revenir avec son épouse durant ses vacances.

— Et avec grand plaisir encore ! Et je vous avertis, je veux un stage au grand complet. Tablier, carnet de recettes… et tout le Saint Frusquin !

Pour l'aide qu'il a apportée, la gentillesse et la disponibilité dont il a fait preuve, Marie l'adore.

— Tu l'adores, tu l'adores ! Mais je ne peux décidément pas te laisser seule avec un professionnel de la santé sans mettre mon couple en danger ! décrète Charly le soir même, après qu'ils ont regagné leur maisonnette.

Sa jeune femme rit, avant de passer à l'organisation des prochains jours avec l'arrivée des jumeaux.

— Je sens que ça ne va pas être triste, cette histoire ! fait remarquer son époux.

Juliette paraît heureuse que ses jumeaux quittent l'hôpital, et Milo heureux de voir sa femme heureuse. Charly et Marie rentrent donc avec leur précieuse cargaison de couffins, de bagages accumulés en presque vingt jours.

Charly a monté un petit lit sur leur mezzanine, du côté de Marie. Ils ont aussi amené quelques vêtements, chauffe bibis, lait en poudre…

— Et voilà, je recommence avec les biberons et les couches sales ! remarque le psychiatre en riant.

Ils installent Manon et Antoine dans le même lit, comme à la maternité, le grand landau double trônant dans le séjour.

La première soirée n'est pas triste, Marie s'affole dès que l'un des bébés pleure. En général, il ne pleure pas longtemps tout seul, le deuxième enchaînant immédiatement pour lui donner la réplique. Les murs de la petite maison, silencieux depuis si longtemps, n'en reviennent pas. Ils répercutent sans fin les sanglots aigus.

La première nuit, si elle est courte, est relativement calme. Antoine se réveille une fois à une heure du matin pour un biberon, quant à Manon, elle attend sagement que son frère se soit rendormi pour y aller de sa chansonnette. Il est deux heures trente.

Charly propose de s'en occuper, mais Marie refuse en souriant.

— Repose-toi ! murmure-t-elle en l'embrassant.

Elle a eu raison de le laisser prendre un peu de repos, car les deux petits monstres se réveillent ensemble à cinq heures.

À l'heure du petit-déjeuner, leur arrivée dans la cuisine du gîte réjouit tout le monde. Charlotte se colle à Marie et n'en bouge plus. Sa grande amie lui montre comment donner le biberon et lui confie Manon, qui depuis le premier jour tète comme une pro. La petite fille, promue au rang de grande, n'en finit pas de se rengorger, fière et heureuse de cette rapide promotion, qu'elle veut absolument mériter.

Jérôme, les garçons et les enfants partent le lundi soir. Les premiers hôtes arriveront le mercredi. Les chambres sont prêtes. Le jardin tiré au cordeau.

Jean a fourni quelques hommes qui, en deux jours, ont curé le bassin de l'entrée, vidé, désinfecté et re-rempli la piscine. Les allées sont ratissées et débarrassées de leurs mauvaises herbes, les arbres taillés, les fleurs coupées. Les trottoirs qui mènent aux différents corps de maisons ont été karcherisés. Bref, la Manade rutile.

Milo n'a quitté le chevet de sa femme que sur ordre formel et la promesse de son remplacement auprès de Ju par Charly. Il est rentré, s'est douché, a mangé sous la surveillance menaçante de bienveillance de Marina, et il est reparti.

Ju recommence à parler. Si elle se fatigue vite, elle n'en a pas moins retrouvé très rapidement toutes ses capacités.

Charly ne veut pas inquiéter Marie, mais il trouve les parents des jumeaux bien détachés de leurs enfants.

La vie au Fandango trouve un rythme doux et sympathique. Marie prend de l'assurance avec les nourrissons. Sous sa houlette, les deux sœurs se débrouillent comme des chefs auprès des hôtes. Comme elles ont toujours eu le bagout italien de leurs

85

origines, et un sens aigu de la communication, les stages de cuisine se passent au mieux. Le week-end, les enfants et les pères descendent. Tout le monde se retrouve avec un plaisir évident, pour camper, selon les possibilités qu'offre le gîte.

Bientôt, il est question de la sortie de Juliette.

— Ça n'aura été qu'un incident de parcours ! déclare Jérôme, qui appelle régulièrement pour prendre des nouvelles.

Et en effet, elle finit par revenir au domaine. Pâle et affaiblie, mais souriante. Milo lui installe un lit de repos sous la tonnelle de la piscine. Certains hôtes, qui sont des habitués, lui font raconter son aventure. Chaque nouvelle arrivée la remet en première ligne.

L'après-midi, avant les grandes chaleurs, Marie installe Manon et Antoine près de leur mère. À l'abri sous leur moustiquaire, ils dorment, leurs petits poings fermés. Leur maman se charge malgré tout rarement de les nourrir ou de les changer. Elle a pris l'habitude de se faire dorloter par tous, et Milo court toute la journée pour faire ses quatre volontés.

Charly et Marie sont en manque l'un de l'autre, n'ayant que de très rares moments de tranquillité.

— Ne t'inquiète pas, c'est normal, après ce qu'elle a subi. C'est une peur inconsciente. C'est momentané et ça va passer. Sinon, je mettrai les choses au point pendant les vacances. Courage, mon cœur, c'est dans un mois.

Puis, c'est le retour sur la capitale pour Charly, et sa jeune femme le voit partir avec angoisse et tristesse.

La nuit, seule avec les nouveau-nés, elle a du mal à se décontracter. Elle écoute sans fin leur respiration. Le moindre vagissement la tire de sa somnolence. Même s'ils ne font qu'une tétée par nuit, il lui faut presque trois heures pour en venir à bout. Elle commence à se fatiguer.

— Ne me lâchez pas ! dit-elle un matin à Aude et Marina.
— Pourquoi veux-tu que nous te lâchions ? Les hommes se débrouillent très bien sans nous. Eux et les enfants sont ravis de nous retrouver le week-end. Ils nous apprécient de plus en plus, depuis cette séparation. C'est tout bénef ! Et puis, tu imagines quel apprentissage, quelle formation pour notre future carrière !

Elles sont toujours gaies et d'humeur égale... que du bonheur.

Les promenades à cheval doivent reprendre, mais Milo ne s'est pas occupé de trouver quelqu'un, et Marie finit par le mettre devant ses responsabilités.

— Tu vas t'en charger toi-même, finit-elle par lui dire.

Il rechigne sous prétexte que Ju a besoin de lui. Marie, qui a attendu d'être seule avec lui pour lui parler, lui met les points sur les i.

— Écoute, Milo ! Ici, chacun fait ce qu'il peut et même plus pour faire tourner la baraque. Aude et Marina ont quitté leurs maris et leurs gamins pour nous aider. Sans elles, nous n'aurions pas pu faire face. Je suis séparée de mon mari. Je passe la moitié de mes nuits debout à m'occuper d'Antoine et de Manon. Je seconde les filles comme je peux et, en général, je ne pose pas mon derrière sur une chaise avant minuit, même si mes journées commencent à cinq heures. Je te rappelle que nous avons des dettes et que nous nous sommes engagés à certaines prestations. Il est hors de question que je mette en péril notre réputation et ce que nous avons construit, parce que tu flippes et que tu ne peux t'éloigner de ta femme plus d'une minute. Tu ne l'abandonnes pas dans le désert, nous sommes tous là, avec elle.

— C'est vrai, je t'ai laissé toute la charge du travail. C'est que je suis tellement inquiet pour Ju.

— Plus tu seras inquiet pour elle, plus elle mettra de temps à se reprendre en main. Les petits vont bien, ils ont deux mois, bientôt. Ju va bien, elle mange, elle dort, elle est reposée et a repris du poids… Notre manière de la traiter l'aidera à se sentir plus forte. Si tu continues à la regarder comme une malade, elle se croira toujours malade. Si, au contraire, tu lui fais confiance, elle deviendra plus forte.

Milo promet donc de se charger des randonnées équestres.

Le soir, Marie raconte à Charly sa mise au point.

— Non, s'il ne se bouge pas maintenant, il ne se bougera plus !

— Tu as très bien fait, mon cœur. En plus, il y aura bientôt un mois que Ju est sortie de l'hôpital, rétorque son psy de mari.

— Il ne s'en fait pas pour tes belles filles ni pour nous qui sommes séparés les trois quarts du temps !

— Je compte les jours, mon amour. Le week-end prochain, je te rejoins et je reste ! Au fait, tu sais que mes petits enfants resteront aussi ?

— Bien sûr, et je compte sur Charlotte pour me seconder.

— Ah, tu peux, elle me met la tête comme une cougourde, à me raconter ce qu'elle fera.

La saison commence vraiment. Tous les week-ends, le domaine est complet. En semaine également, et ils refusent du monde.

Marie a découvert son cher époux sous un jour nouveau. Ouvert à tout et serviable, il aide, reçoit sans problème les arrivants, les mène à leur chambre, explique le déroulement des quelques jours qu'ils passeront dans leurs murs…

Si Milo a accepté de reprendre les randonnées, il est difficile de lui faire faire plus. Juliette continue à se laisser vivre.

— Je ne les reconnais plus ! dit un soir Marie à Charly, alors qu'ils regagnent leurs pénates.

Les jumeaux dorment. La jeune femme se sent épuisée.

— Elle nage, elle dort, elle fait la belle auprès des clients… et en plus, elle ne jette pas un œil à ses enfants. Tire le parasol, Milo ! Recule le parasol, Milo ! Ferme le parasol, Milo ! Je t'avoue que je bous. S'il n'y avait pas les petits au milieu, je péterais un câble !

— Rien ne t'empêche de les prendre à part et de mettre les choses au point. Il arrive un moment où les limites sont atteintes ! Et je pense sincèrement qu'elles le sont !

— Je crois que c'est ce que je vais faire. Je n'en peux plus !

Mais elle retarde la mise au point de jour en jour.

— En fait, tu crains qu'elle ne se fâche et ne te retire les jumeaux. C'est ça, hein !

— Il y a de ça aussi.

— Vous êtes amies depuis trop d'années pour qu'elle se fâche. Mais si tu veux, je lui parlerai, moi.

Marie accepte.

Comme Ju continue de lui laisser la charge complète des nouveau-nés et que ce désintérêt perturbe la jeune femme, Charly règle le problème.

Marie ne saura jamais ce qu'il a dit exactement à ses amis, mais le soir même, Juliette vient la voir pour lui demander si elle peut récupérer les enfants une nuit sur deux pour commencer.

— Je peux m'en occuper la nuit, quelque temps encore, Ju. Mais ce qui serait bien pour eux et pour toi, ce serait de t'en occuper dans la journée.

Et Juliette commence, comme elle s'y était engagée.

Les débuts sont pénibles, Juliette s'affole au premier cri de ses enfants, mais petit à petit, avec l'aide de Marie, elle s'habitue à eux et eux à elle.

Bien que ses filleuls lui manquent énormément, Marie en éprouve un immense soulagement. Voir Ju sourire à ses enfants, leur parler, met du baume sur son cœur.

— J'ai bien cru qu'elle ne s'en préoccuperait jamais ! confie-t-elle un soir à son mari.

— Je ne te disais rien, mais j'étais inquiet aussi. Ça n'est pas gagné avec Milo, en revanche. Je ne sais pas combien de temps il lui faudra pour s'intéresser à ses enfants. Déjà que certains pères n'ont pas la fibre paternelle très développée !

— Écoute, pour Milo, je m'en fiche ! Mais si Ju avait traîné encore à s'y mettre, il m'aurait été impossible de me détacher des petits.

— Je sais que c'est dur pour toi… mais tu sais bien que, sans toi, personne ne s'en sort ! Tu ne perdras jamais les enfants.

— Tu parles… je me doute que je ne les perdrai jamais. Je m'en occupe depuis leur premier vagissement et ils auront bientôt trois mois, mais leur mère c'est Juliette. Je suis heureuse qu'elle s'en soit souvenue à temps !

Marie a donc un peu plus de temps à consacrer à ses hôtes, et elle force Milo à revenir petit à petit en cuisine.

Les fils de Charly arrivent finalement. La tribu est au complet, et chacun a hâte de retourner au vignoble.

Avec tous ces évènements, Marie n'a rien pu voir du travail accompli. Charly très peu. Aude et Marina tâchent d'y faire un tour une fois par semaine, hélas, c'est parfois impossible.

Très souvent, des clients potentiels s'arrêtent pour demander une réservation.

— En semaine. Deux jours ! Une nuit !

Tout est bon à prendre, pour les amoureux de beaux endroits et de bonne cuisine. Lorsque c'est possible, Charly les accepte, comble les trous…

En une saison, la réputation du Fandango et de ses stages culinaires a fleuri, et certaines personnes sont prêtes à venir hors saison, même si les balades ne sont plus possibles, ou la variété des menus plus restreinte…

Le meilleur atout de la Manade, ce sont les clients eux-mêmes. Ils font au domaine une réputation extraordinaire. Le blog sur Internet est de plus en plus visité, et les commentaires dithyrambiques des clients font monter la côte du gîte.

Une jeune femme téléphone un soir pour savoir s'il est possible de réserver tout le gîte pour son mariage, qui aura lieu l'année suivante, aux alentours du 21 juillet.

Charly ne se démonte pas.

— Certainement, pour combien de personnes ?

— Une bonne centaine !

— Dans ce cas, il nous faudra vous réserver également notre annexe. Un vignoble à quelques kilomètres du Fandango, Le « Casteù Doù Fioù » !

La jeune future épouse raccroche enchantée, en promettant d'envoyer les dates précises, le nombre exact d'invités. Elle et son fiancé descendront avec leurs parents respectifs, à la fin de l'été, lorsque la folie sera passée au domaine.

— En plus, ça laissera au bavard le temps d'avancer les travaux ! ajoute-t-il avec un clin d'œil à l'intention de sa femme médusée.

Et, se dirigeant vers la cuisine où ses belles filles se démènent, il annonce d'une voix joyeuse :

— Les filles, vous avez vos premiers clients !

Il explique alors, aux deux femmes stupéfaites, sa conversation téléphonique et le rendez-vous de la fin septembre. C'est Marina qui réagit la première.

— Yes ! On va téléphoner aux hommes !

Elle se précipite sur son portable, suivie dans la foulée par sa sœur.

— Demain, on file au vignoble, voir où en sont les travaux ! annonce Marie, et Charly acquiesce en l'embrassant.

Lorsque les deux sœurs réapparaissent, hilares, ils décident qu'elles iront dès le matin.

— Je donnerai les petits à Ju et je m'occuperai des petit-déj'. Puis du repas de midi, avec les hôtes du matin, ce qui vous laissera la matinée. Ensuite, nous partirons à notre tour avec Charly, pour le repas du soir, vous prendrez le relais.
— Tu sais ce qu'a dit ton fils, Charly ? demande Marina.

— Qu'a bien pu dire ce petit malin ?

— Que tu ne tiendrais jamais à Paris sans nous. Je ne parle même pas de Paris sans Marie. Il pense que l'an prochain tu seras derrière le bureau d'accueil du vignoble ou d'ici !

Charly sourit mais ne fait aucun commentaire.

Un peu plus tard, tenant sa femme serrée contre lui, il lui explique qu'il a une bonne et une mauvaise nouvelle à lui annoncer. Marie lève les yeux sur lui, inquiète soudain, toute fatigue disparue.

— Rien de grave ! Je commence par laquelle ?

— La mauvaise !

— Tu vas devoir me supporter plus longtemps que prévu !

— Quoi ?

— Bon, je passe à la bonne alors ?

— Arrête de faire traîner en longueur ! Parle !

— Je ne reprends l'hôpital que la troisième semaine de septembre !

Marie se contente de coller ses lèvres sur celles de son homme en lui murmurant combien elle l'aime. Il lui explique comment l'hôpital a recruté, en externe, un psy qui désire travailler en milieu hospitalier.

— Il fait un stage d'essai pendant ses vacances. Et ses vacances chevauchent les miennes ! Je suis donc libre ! Je remonte pour la prise en charge, trois ou quatre jours dernière semaine d'août, et je reviens pour trois semaines. Bien sûr, dans ce genre de maladie, rien n'est jamais gagné, mais si le feeling passe bien entre lui et mes patients… j'aurai pratiquement mon ticket de sortie en main !

— Moi aussi j'ai une bonne et une mauvaise nouvelle ! dit Marie.

Sans lui laisser le temps de parler, elle continue.

— La mauvaise nouvelle, c'est que tu devras renoncer à donner le bibi la nuit prochaine. La bonne, c'est que je pourrai m'occuper rien que de toi, toute la nuit !

— Bien que je regrette infiniment le rituel nocturne des bibis, des rots et des couches sales… je dois dire que je suis assez satisfait de pouvoir libérer mes instincts bestiaux. Il y a un moment que je me sens bouillant comme une baraque à frites et que je ronge mon frein ! Demain, ça va chauffer !

— Encore cette vieille baraque à frites !

Mais Marie rit tellement qu'elle ne peut continuer longtemps la plaisanterie.

Lorsqu'ils se lèvent pour le bibi, à deux heures du matin, il lui adresse un clin d'œil coquin.

— Demain ! Demain ! chantonne-t-il.

Le « Casteù Dou Fioù »

Le service du petit-déjeuner dure jusqu'à dix heures. À dix heures trente, le stage commence.

C'est le premier jour du groupe, ils ont choisi leur menu.

Gardiane de taureau, malgré la chaleur. Oreillettes de la Fanneu, cette dernière ayant accepté de livrer à Marie sa fameuse recette. En entendant Milo ressortir explications et conseils sur la recette de la gardiane, Marie pense qu'il est loin le temps où elle surveillait d'un œil inquiet le chantonnement du vin qui chauffe.

Combien de gardianes avons-nous cuisinées tout au long de ces mois ?

Les questions des hôtes la ramènent à son plat du jour, et elle reprend le fil de sa démonstration culinaire.

Le groupe de l'après-midi, que dirigeront Aude et Marina, a choisi un plus classique carré d'agneau aux herbes et une tarte au citron meringuée, que les sœurs se sentent parfaitement à même de mener à bien toutes seules.

— Allez-y ! On va travailler sans filet !

Le service terminé, et Ju installée pour la sieste près de ses jumeaux qui dorment déjà, Charly embarque sa moitié et ils partent vers le vignoble ensemble, heureux de se retrouver seuls.

— Il y a si longtemps que ça ne nous est pas arrivé ! remarque Marie.

Elle pose sa main sur la jambe de son conducteur d'époux qui, de temps en temps, l'attrape et la porte à ses lèvres, pour un baiser.

Marina et Aude sont rentrées sans faire trop de commentaires, juste un timide « ça avance », et elles partent à la rencontre de leur groupe, en promettant de jeter un coup d'œil sur Juliette et ses enfants.

S'ils prévoyaient une surprise, Charly et Marie ne sont pas préparés à celle qui les attend.

Le chantier ressemble à une ruche. Les ouvriers de Jean semblent sortir de toutes les portes et fenêtres de la grande maison.

— On dirait un dessin de Dubout !

Le tour de la maison a été nettoyé par les passages successifs des différents camions, qui sont venus à bout des mauvaises herbes et des ronciers, si bien que les allées semblent deux fois plus larges. Les fenêtres ont été changées ainsi que la plupart des volets. La façade, dont les trous ont disparu, de même que la lèpre qui naguère rongeait les murs de la maison, attend fièrement une dernière couche de peinture ocre. La tonnelle a pris forme. Elle s'incline doucement vers la terre, dans l'attente des ramures de clématites qui la prendront bientôt d'assaut.

Des ouvriers pavent la terrasse arrière, de pierres de récupération, qui à peine posées font penser à une ancienne cour de ferme briquée à neuf.

À l'intérieur, des murs sont montés, certains ont disparu. Des chambres reçoivent leur carrelage brun rouge, alors que d'autres semblent encore avoir été dévastées par un architecte fou. Des parpaings délimitent l'emplacement futur des salles d'eau, ou ouvrent dans leur cloison un trou béant, dans l'attente d'une fenêtre et de son encadrement.

L'escalier intérieur a été détruit.

— Trop lourd ! Trop de place ! dit succinctement le bavard, qui les précède.

Celui qui l'a remplacé, au lieu de tourner sans fin sur trois étages, s'arrête au premier. Il part majestueusement du milieu de l'entrée, lui donnant allure et légèreté. Rien n'aurait laissé prévoir cela de cette grande entrée, tristounette et encombrée quelques mois plus tôt par l'immense pied de béton qui supportait trois étages d'escaliers.

Le bois massif, mais très découpé, des marches, est agrémenté d'une balustrade de fer forgé et dessert les chambres du premier. Le sol est lui aussi pavé ou en attente des carreaux rouges brun.

Le deuxième a un accès au fond du couloir. Le long du mur, un peu comme celui de Marie, des marches de bois semblent avoir poussé dans le mur. Si la main courante est en bois plein, ornée de volutes taillées dans la masse, elle annonce le style des chambres de cet étage. Plus de carrelage au sol. La chape de béton attend le parquet. C'est l'étage du bois, et tout le mobilier sera de même.

Pas d'accès pour le troisième. Marie et Milo se tournent vers Jean, qui sourit énigmatiquement.

Ils redescendent les deux étages, et le vieil homme les conduit vers le fond de l'entrée. Caché par l'escalier de bois, un ascenseur, dont le vitrage s'ouvre sur l'extérieur, monte au troisième. Il est pris au premier, comme au deuxième étage, dans l'immensité d'un placard en trompe-l'œil, qui doit recevoir les draps, les serviettes, les savonnettes et tout ce qui fera la spécificité de chaque étage.

— Premier étage. Les couples avec enfants. Deuxième étage, les couples sans enfants. Troisième étage, troisième âge !

Et Jean le facétieux semble se réjouir de sa blague, et l'a sûrement concoctée de longue date.

— C'est mon dernier chantier, l'Eissero ! Il faut qu'il soit fantastique. La clé de voûte de mon travail.

Mais Marie est bouche bée et ne dit mot. Elle parcourt ce palais qui a pris forme de la pensée fertile de son génial ami. Charly est aussi sous le charme. Leur silence a encore grandement élargi le sourire du vieux bâtisseur.

Au troisième, qui est quasiment terminé, les murs sont tendus de clairs tissus épais traversés de nervures aux teintes chaudes. Les salles de bains ont reçu des carrelages magnifiques, et les sols, des parquets de bois précieux. Même les portes et les fenêtres de bois sont plus épaisses, plus cossues. Les plafonds ont été ornés de rosaces et de moulures.

Ils s'attardent, revisitant un détail, demandant une explication, et se retrouvent sous les fers de la nouvelle tonnelle.

— Tu imagines le domaine que les enfants vont avoir ? s'exclame Charly.

Mais la jeune femme, se tournant brusquement vers Jean, lui demande où va loger Gilles.

Dans un nouveau sourire, et toujours sans un mot, Jean les entraîne vers le fond du jardin, où la terre retournée attend fleurs et pelouses. Il montre de son index décharné et sec, dont les articulations des phalanges ressortent comme autant de nœuds dans un morceau de bois, une petite construction, au loin, au milieu des vignes. Une cabane de gardian qui semble être là depuis la nuit des temps. Rien ne manque, pas même le rideau de tamaris.

— C'est lui qui a choisi l'endroit.

Les vignes les plus proches ont été taillées en premier, et de petites feuilles d'un beau vert offrent un contraste saisissant avec le souvenir de ces pieds échevelés et noirs qu'ils ont vus à leur première visite. Suivant le regard de la jeune femme, Jean murmure :

— Y'aura pas bézef, cette année, mais y'aura !

Au loin, les choses ont l'air un peu plus difficiles.

— Là-bas, c'est pour l'année prochaine. On retaillera fin d'année.

Thibaut et Roland, qui les ont aperçus de loin, arrivent en riant.

— Alors ! crient-ils du fond des premières vignes, et leurs voix arrivent à peine.

Leurs sourires radieux disent leur bonheur.

— Alors ? On a bien gardé le secret, hein !

Roland fait tourner Marie dans ses bras.

— Alors, « Maman », c'est bien la première fois que je te trouve sans voix !

— Moi aussi ! murmure le bavard.

— C'est indescriptible, fait-elle seulement, et les hommes rirent de plus belle.

— Vous voyez, maintenant je suis sûre que la terre est bien le Paradis perdu, mais qu'il est possible de le retrouver ici, en Camargue.

Son mari la serre contre lui, les garçons sourient doucement, pendant que Jean hoche sa tête aux cheveux blancs de neige.

De si loin, ils voient le toit refait de neuf, en tuiles vieillies. Quelques mois plus tôt, lui aussi était rongé par les mousses, l'humidité, et de grands trous noirs signalaient les tuiles manquantes. Aujourd'hui, sous le chaud soleil de ce mois d'août, il surplombe le domaine d'un air de patriarche antique et toujours sage.

— Sous les débordements, y'avait une frise fut un temps. On va la repeindre !

Jean regarde dans la même direction que les jeunes. Marie, qui se remet de sa surprise et de ses émotions, passe son bras sous celui du vieil homme.

— Et Gilles, qu'est-ce qu'il dit de tout ça ?
— Viens !

Et il l'entraîne vers la maison au toit de roseaux. Gilles a entendu les jeunes arriver, il les attend devant sa porte. De près, la petite maison est encore plus bluffante. Les murs ont été enduits de chaux et semblent patinés.

— Et attends dedans ! murmure cet homme de dialogue.
L'intérieur, en matériaux de récupération, est incroyable. Personne ne pourrait dire de quand date cette construction.
— Depuis soixante ans que je fais et défais des maisons, j'ai jamais rien jeté !

L'antique vasque, le grand robinet de cuivre... Les meubles d'un autre temps, dont certains viennent de la grande maison... Les placards grillagés qui contiennent les provisions et la vaisselle du vieil homme... Un rideau, retenu par un cordage, jette un voile pudique sur la partie de la grande pièce où a été

111

installé son lit. Le grand lit à baldaquin de sa Fine, son coffre à linge… en passant, Marie aperçoit, plus qu'elle ne la voit, la photo palie de deux jeunes mariés, dans un vieux cadre d'argent.

Mestre Gilles semble avoir rajeuni. Il sourit de toutes ses dents, même celles qu'il a perdues semblent plus présentes que jamais. Un grand pantalon de toile marron, retenu par une ceinture improvisée de corde enroulée plusieurs fois autour de sa taille, pend au niveau des poches, gonflées de divers objets dont, sûrement, il lui est impossible de se passer. Une chemise ouverte laisse par endroits entrevoir un intégral, caleçon-tricot de corps, d'une époque révolue. Sur sa tête, un mouchoir à rayures aussi grand qu'un torchon, qu'il a noué aux quatre coins, lui sert de couvre-chef. Il offre une image d'un passé que Marie avait pensé disparu à jamais.

— J'ai même mes plantations, derrière la maison ! Je me régale !

Et il a l'air en effet de se régaler. Il sort des verres et une bouteille de vin.

— D'ici ! dit-il, en tirant sur le bouchon à l'aide d'un antique tire-bouchon à vis. La bouteille coincée entre ses jambes maigres résiste un instant.

Le ploc que fait le bouchon de liège en se libérant de sa prison de verre sonne mieux qu'une promesse. Le vin ne le fait pas mentir. Heureux, le vieil homme extrait de la cage grillagée où il pendait un saucisson qu'il tend à Jean, en roulant dans sa gorge quelques syllabes incompréhensibles pour les plus jeunes. Il jette sur la table un vieux couteau pliant à manche de bois que le temps a patiné et usé, puis sort.

Jean finit de trancher le saucisson charnu et constellé de minuscules tâches blanches et noires, de gras ou de poivre, lorsque Gilles revient. Il jette sur la table une poignée de févettes.

Marie est stupéfaite.

— Mais vous avez commencé les travaux dès que les enfants ont signé ?

— Non ! Avant ! fait Gilles en secouant la tête, avant de se reconcentrer sur la délicate opération consistant à mordre dans la tranche de saucisson, à l'aide de sa peu sûre et peu efficace dentition. Lorsqu'enfin il y parvient, il sourit d'un petit air qui dit sa satisfaction.

Leur « coup » avalé, les jeunes retournent vers la grande maison, pour en refaire le tour ensemble. Les deux vieillards les laissent partir devant, en prenant une posture détachée, mains dans les vastes poches, pleines de surprises, de leurs immenses pantalons. Ils les laissent prendre un peu d'avance et les suivent l'air de rien.

Thibaut et Roland sont si excités qu'ils parlent en même temps, sans discontinuer. Au bout d'un petit moment, leur père et Marie cessent de chercher à suivre leurs commentaires.

Les deux vieux *Santencos* les ont rattrapés, se sont mêlés à leur groupe, et Jean reprend la tête de la visite.

Au rez-de-chaussée, la future cuisine n'est encore qu'une grande caisse de résonance où pas et paroles rebondissent sourdement sur les murs. Mais les proportions sont agréables, et la longue fenêtre qui court sur le mur du fond y met une lumière vive.

La salle à manger, qui prend l'arrière complet de la grande maison, a été agrandie d'une véranda, dont l'armature ferreuse attendra jusqu'à la fin des travaux ses vitrages martelés. Salon de lecture et salle de télévision ont reçu carrelages et peintures, rosaces et moulures. Jean dessine de ses mains, longues et mobiles, la forme du comptoir d'accueil qui s'intégrera dans le hall d'entrée. Il continue à onduler ses longs bras maigres, peignant au plafond les dessins tarabiscotés qui leur sont destinés.

Mestre Gilles, son mouchoir toujours vissé sur le crâne, mains dans le dos, regarde partout de l'œil curieux du chercheur à la découverte d'un nouveau monde. Il s'arrête parfois devant un carrelage, une moulure, une fenêtre qui, pour une raison connue de lui seul, a retenu son attention, et hoche longuement son couvre-chef rayé. Sa silhouette voûtée se redresse alors durant quelques brefs instants, avant de reprendre son exploration.

— Je me régale ! répète-t-il à Marie, puis encore à Roland.

— Il y a combien de mois que vous vous acharnez sur ce domaine ? demande Marie.

C'est Thibaut qui répond.

— Écoute, on l'a visité pour la première fois début mars. Jean est arrivé avec des hommes, et ils ont entrepris la vigne. En mai, il commençait à tomber les premiers murs. On est le vingt août.

115

Un peu plus de cinq mois, avec en permanence une vingtaine d'hommes sur place.

— Et depuis presque un mois, il y a nous en plus ! ajoute son frère, en riant.

— Vous allez avoir du temps pour peaufiner la déco, avant le commencement de la saison. Aude et Marina vont être ravies.

— Ouais ! Et vous, vous avez intérêt à nous faire de la pub, parce qu'avec les wagons de sous qui sont partis, il va falloir bosser maintenant.

— Je vous ai déjà trouvé un mariage pour l'été prochain ! s'exclame Charly.

— C'est vrai ! T'as assuré comme un chef sur ce coup-là !

Et Roland hoche la tête pour montrer son parfait accord avec ce que vient de dire son frère.

Marie, qui rôde autour de la terrasse, enchantée par les nouveautés, entend soudain des pas dans le gravier. C'est Gilles.

— Alors, les gens, ils vont payer pour venir dormir ici ?

— Eh oui ! C'est un peu comme chez Milo, au Fandango... ils viennent de loin pour chercher un nouveau décor, un climat, des recettes du pays, du repos.

— Je me régale… quand j'étais jeune… aller à Arles, pour mener le vin sur les charrettes du père… c'était comme un voyage à la capitale. On partait matin… on mangeait sur les charrettes… on était plusieurs domaines. Y'avait même des Manades qui menaient leurs taureaux. On rentrait à la nuit. On chantait… Maintenant, y'viennent de tous les côtés, juste pour le plaisir. Je me régale. Moi… je suis plus allé nulle part, depuis… vingt ans.

Marie lui prend la main et la serre entre ses doigts. C'est sans doute le plus long discours que le vieil homme a fait depuis longtemps.

— Ça vous dirait de venir aux Saintes avec nous un jour ? Vous pourriez manger chez nous au Fandango, pour voir comment ça se passe.

Gilles prend un long moment pour réfléchir, avant de tourner vers elle son grand sourire édenté.

— Peut-être, petite… peut-être.

Et son hésitation, la jeune femme le sait, vaut plus qu'une promesse.

Le portable de Charly sonne, et Gilles regarde avec un étonnement avoué ce bout de plastique, à peine gros comme une carte à jouer, lui amener des nouvelles de Paris.

— Quand je pense aux premiers téléphones que j'ai vus... c'était pour les transmissions pendant la guerre. Une boîte noire que tu portais sur le dos, qui pesait vingt kilos... et encore, quand le collègue te portait la batterie... tu tournais la manivelle, ça crachouillait, ça grésillait, tu entendais rien... tu recommençais... après ça s'est modernisé, y pesait plus que deux ou trois kilos... tu tournais toujours la manivelle. Tu attendais, l'opératrice elle te passait la communication ou pas. Ça dépendait des familles... ici, un temps, la famille de la petite qui travaillait à l'Inter, elle était fâchée avec la moitié du pays... hé, bé tu le crois ou pas, la moitié des familles des Saintes, elles avaient jamais les communications.

Il rit en disant cela.

— Nous, on s'en foutait, on n'était pas fâché et en plus on n'a jamais téléphoné...

Pour parfaire sa connaissance des téléphones portables, Charly le prend en photo avec Marie, à l'aide du sien, achevant de méduser le vieillard.

Lorsque les deux époux regardent l'heure, ils partent comme des flèches.

Il est presque l'heure où elle accompagne les hôtes à un *abrivado* aux Saintes avec Charly.

Charlotte et Alex ont demandé s'ils pouvaient venir et, le nombre des chevaux étant suffisant, ont été acceptés aussi.

Marie se réjouit de monter Fe, qu'elle a beaucoup négligée ces derniers mois. La jument, peu rancunière, se frotte longuement à elle et, de temps en temps, part dans une petite ruade joyeuse.

La vie a petit à petit repris une certaine normalité au gîte. Milo s'est enfin remis sérieusement au travail. Juliette s'habitue à ses enfants, Marie à leur « absence ». Charly retrouve sa femme et il est d'autant plus heureux qu'à Paris tout se passe pour le mieux avec le nouveau psychiatre.

Les hôtes se bousculent pour revenir. Le carnet de réservations du gîte se remplit et celui du vignoble également. L'année à venir s'annonce déjà prometteuse, ce qui rassure tout le monde, car comme se plaît à le dire Marie, « elle n'a jamais vu une famille aussi endettée ! ».

Comme elle le lui a proposé, Marie ramène un jour Mestre Gilles. Elle l'emmène avec elle au marché sur la place des Saintes. Aux bras du vieillard voûté, elle traverse l'avenue Frédéric Mistral, remonte jusqu'à la place de L'Église, d'où ils découvrent le marché.

Le vieil homme est stupéfait. Des tentes aussi nombreuses que bariolées protègent les étals, où les exposants de tous poils vendent des nappes de tissus, des bibelots, des ballotins de lavande. Plus loin, des robes et des chapeaux, des fromages et de la viande dans une « roulotte »…

— Ce ne sont pas des roulottes, ce sont des camions frigorifiques, explique Marie au vieil ermite médusé.

— Mais, c'est plus un marché, petite. Tè ! Lui y fait même rôtir des poulets dans sa caravane !

Marie, qui lui tient toujours le bras, sourit de son étonnement.

— Dans mon temps, on vendait des légumes de saison. De la charcuterie, du fromage, parfois, un poulet ou un lapin… sur un cageot, on posait tout. Quand on avait tout vendu, on remportait son cageot. Une fois l'an, y avait la grande foire. Là, y venait du monde… le reste de l'année, Bépé le gitan passait avec sa roulotte. Il vendait tout… du fil et des aiguilles, des casseroles, des épingles pour les cheveux et des onguents pour les pieds des chevaux, qui soignaient aussi la toux des vieux. Il avait des autos en fer pour les garçons et des poupées de chiffon pour les filles… Oui… Le jour de Bépé, c'était pas rien.

Il secoue la tête, perdu dans ses souvenirs.

— Un jour, j'ai acheté une poupée en chiffon pour Maryse… quand elle l'a vue, elle a pleuré, c'est vrai qu'elle avait une drôle de tête cette poupée… Tu vois, petite… parfois j'ai du mal à me rappeler ce que j'ai fait la veille… mais je me rappelle l'ancien temps, comme si c'était le matin. Mes parents… ma mère, on lui disait la Blanche. Mon père c'était Mestre. Quand on m'a appelé Mestre, c'est que mon père il était parti.

Marie est inquiète soudain.

Pourvu que ces souvenirs ne l'attristent pas ! Ce n'était pas le but !

Mais non, parler fait du bien au vieil homme. L'oreille attentive de la jeune femme met du baume sur son cœur solitaire et silencieux depuis trop longtemps.

— Avant, on travaillait dès qu'on savait marcher. On portait le repas aux hommes, dans les vignes. On avait la responsabilité du poulailler pendant les vendanges, parce que les femmes aidaient aux champs. À six ans, on travaillait déjà dur. Tu vois, petite… moi, j'ai eu de la chance. J'ai jamais fait de la faim.

Et il secoue sa tête de plus belle.

Au coin d'un étal, il reconnaît un camarade perdu de vue trente ans plus tôt, qui surveille les fromages de son petit fils.

Marie propose à Gilles de le laisser un moment avec son ami, et les deux hommes acceptent avec joie. Elle ne s'est pas éloignée de plus de dix mètres qu'ils parlent déjà en patois. En se retournant, elle est ravie du sourire qui illumine leurs vieilles rides.

Une heure plus tard, la jeune femme les retrouve, se tapant sur les cuisses, partageant du pain et du fromage, qu'ils ont posés sur un coin de l'étal et qu'ils coupent avec un énorme couteau, dont la lame est usée et raccourcie par les nombreux aiguisages sur la pierre. Une bouteille de vin, sans étiquette, est encore à moitié pleine... à moins qu'elle ne soit déjà à moitié vide... deux verres dépareillés, dont les bords gardent des auréoles mauves, à différentes hauteurs, ne contiennent plus qu'un fond de vin d'un rouge épais.

— Je me suis régalé, avoue le vieil homme, dans la voiture qui le ramène au Casteù. Bien sûr, la jeune femme comprend qu'il ne parle ni des tranches de fromage, ni du vin.

— Si ça vous fait plaisir, je vous ramènerai, Gilles.

Et son sourire fait plaisir à Marie.

Elle le quitte en lui promettant de venir le chercher le prochain mardi, jour où elle retournera au marché.

— Pas le mardi ! Le petit fils de Péou, y va pas au marché le mardi.

— Vendredi ?

— Peut-être ! répond Gilles dans un sourire.

Le vendredi suivant, il attend Marie, devant le nouveau portail du vignoble. Sous son bras, une bouteille de vin, entourée de papier journal. Ses cheveux blancs, un peu trop longs, un peu trop rares, ramenés vers l'arrière de son crâne, il sent la gomina. Il est propre comme un sou neuf. Il tient un antique chapeau noir dans une main.

La jeune femme le laisse auprès de Péou, qui patiente debout devant les fromages du petit fils, dans une attente fébrile. Ils se donnent l'accolade. Péou tient à embrasser Marie.

Elle fait ses courses, ramène le tout dans la fourgonnette du Fandango, pour laisser le plus de temps possible aux deux hommes. Quand elle s'approche de l'étal du fromager, un jeune homme barbu et sympathique fait la promotion de ses tomes et autres crottins de chèvres à une cliente en-chapeautée, qui de toute évidence n'est pas de la région. Les deux vieux, insensibles à la vente, s'essuient les yeux sur leurs manches. Ils rient, et Marie adresse un regard intrigué au fromager qui, libéré de sa cliente à chapeau, hausse les épaules en souriant.

— Ils parlent de leur service militaire…, dit-il en levant les sourcils. Gilles, qui a aperçu son chauffeur, se lève. Marie salue Péou et son barbu de petit-fils, puis passant le bras sous celui de son ami, l'entraîne vers le parking.

— Il revient vendredi, Péou ? demande-t-elle.
— Y vient tous les vendredis aider son petit fils !

Heureuse, tenant serré contre elle le bras maigre de Gilles, elle sourit en pensant à Péou, qui « vient aider son petit-fils ».

— Alors, je vous ramène le vendredi… si ça vous fait plaisir, bien sûr.

Il ne répond que par son sourire, en longeant avec elle la rue des Pénitents Blancs.

L'habitude est prise.
Le vendredi, Gilles a rendez-vous avec Péou.
Bientôt, d'autres anciens viennent se joindre à eux.
Des cageots font office de sièges et de table. Chacun amène quelque chose à manger ou à boire, et ils partagent à quatre ou cinq, pain, fromage, saucisson et souvenirs, derrière les

présentoirs de nourriture, un peu à l'extérieur du grand cercle du marché.

Place José d'Arbaud, un passé presque oublié ressurgit.

Marie rentre de plus en plus tard, pour laisser du temps à ces témoins d'un passé révolu. Comme Charly est remonté sur Paris, personne n'en souffre, pas même le petit-fils, chez qui Marie prend l'habitude d'acheter son fromage.

La saison se finit.

Seuls les week-ends sont chargés, mais Charly revient à ce moment-là, prend le train en route, et tout va pour le mieux.

— Il a tellement pris l'habitude de retrouver ses amis, que je me demande comment on va faire cet hiver, dit un jour Marie à Charly, alors qu'ils prennent un peu de repos dans la fraîcheur et la pénombre apaisante de leur demeure. Les derniers jours de septembre ont été très chauds, et les après-midi de ce début octobre le sont tout autant.

— Je te fais confiance, mon petit cœur… tu trouveras !

— Je cherche, je cherche… J'ai pensé demander à la Fanneu de les héberger une demi-journée par semaine… je pourrais faire la tournée avec la fourgonnette, et les amener. Qu'est-ce que tu en penses ? Parce que plusieurs heures, dehors, dans le froid, ils risquent de m'attraper la mort !

— Je pense que tu es un ange.

— Tu sais, lorsqu'il est avec moi en voiture, il me raconte sa vie, sa jeunesse, ses amours. C'est parfois terrible… j'adore ce vieux.

— Je vois ça ! Les médecins, les vieux vignerons… j'ai du souci à me faire !

Bien entendu, tout se finit par des baisers.

Par bribes, Gilles raconte sa vie à la jeune femme. Il a en elle une telle confiance, qu'il lui narre, dans le désordre, sa rencontre avec la Fine, les années de guerre, sa jeunesse au vignoble… sa fille.

Dans la fourgonnette qui l'amène vers ses vieux amis, il parle sans fin du passé.

— Ils doivent beaucoup parler entre eux et ça fait rejaillir des souvenirs, explique Marie à Charly, alors qu'ils prennent l'apéro devant leur premier feu de cheminée.

Le froid est arrivé d'un coup, et les soirées sont glaciales. Le calme revenu les a tous trouvé épuisés.

Juliette, que ses jumeaux ravissent, est épanouie. Milo, qui l'aide beaucoup, a béni la première nuit entière que ses chérubins ont passée sans se réveiller.

Charly attend avec impatience que Marie recommence les vas et-viens sur Paris avec lui, en profitant au maximum des week-ends, au gîte.

Thibaut et Roland finissent des travaux qui semblent justement ne jamais finir. Aude et Marina mettent dans le rouge des comptes qui, aux dires de leurs maris, ne sont déjà que trop violacés, en choisissant le linge et la vaisselle pour le vignoble.

Les enfants ont fait une première rentrée des classes dans le Sud, et en sont ravis.

Charlotte a attrapé une sorte d'accent du Sud, à force de répéter les expressions de Milo, de Gilles et de Jean.

Ils ont aussi ramassé le raisin en famille élargie, en sachant que cette année sera une année condamnée, vu les circonstances. Ils sont surpris par la beauté des grappes ; et leur nombre, loin d'être négligeable, est comme une promesse qui met du baume au cœur des nouveaux vignerons. La vigne, comme ressuscitée, remercie. Ils ont non seulement rempli les grandes barriques, récupérables, qui ont été curées et remises en état, mais ont pu en remplir une de plus, achetée en catastrophe. Ils ont bu le premier vin nouveau, juste sorti du pressoir, n'ont pas tenu compte des mises en garde des anciens et ont attrapé des maux de ventre.

— On faisait la queue aux toilettes ! J'ai bien cru qu'il faudrait réhabiliter la cabane au fond du jardin !

Roland est mort de rire.

Octobre semble s'annoncer sous les meilleurs auspices.

Leurs week-ends enfin libérés des hôtes, Marie reprend le chemin de la capitale. Mardi, mercredi, jeudi, à Paris avec des habitudes qu'ils ont dû modifier, l'absence des enfants et des petits-enfants se faisant cruellement sentir.

— Et je ne te dis pas comme les dernières semaines, seul, ont été difficiles. Là, ce n'est rien. Presque un voyage de noces. Trois jours en amoureux, chaque semaine… c'est plutôt bien.

— Mouaiiiis !

— Les enfants te manquent ?

— Pas le soir… mais dans la journée… j'ai vite fait le tour de ce que j'ai à faire !

— Tu voudrais rester dans le Sud ?

— Mais sans toi, je ne suis pas bien dans le Sud non plus ! Je ne suis bien qu'avec toi.

— Tu sais, je fais une passation en douceur, mais une passation quand même. Florian s'en sort bien et les patients l'apprécient. Dans quelques mois, je pourrai partir sans douleur.

— Je sais, mon cœur, et puis je me plains pour la forme, car j'ai un travail monstre avec le livre de recettes… les photos à choisir, les commentaires, la mise en page… je n'ai pas le temps de m'ennuyer. Je ne m'ennuie que de toi.

Charly pose un baiser frais sur ses lèvres souriantes. Ils marchent bras dessus, bras dessous, dans la rue. Ils vont dans un petit restaurant, manger un morceau. La capitale a vu ses arbres perdre leurs feuilles. Le soir, l'air est glacé.

— Tu te rends compte ! Un nouvel hiver qui recommence !

Et en effet, un nouvel hiver s'installe sur les *paluns*, il prend sa place et chacun trouve la sienne.

Au Casteù, les enfants ont emménagé.

Jean le génie a tiré deux appartements de l'ancienne soupente. Deux chambres, deux salles de bains, une kitchenette de dépannage intégrée dans un immense placard mural pour chacun. Un grand salon commun, vaste et épuré, sépare les quartiers privés des deux familles…

— Je me demande, où il va chercher toutes ces idées ! dit un matin Charly en arrivant à la grande maison. Ils montent l'escalier extérieur que Jean a imaginé pour donner de l'indépendance aux deux couples.

— Sinon, vous aurez l'impression de travailler 24 heures sur 24, a décrété le vieux bourru.

— Quand je te dis qu'il est génial.

— Et je ne te raconte pas le vide qu'il a fallu faire. Il y avait un bordel sans nom, ici. Il n'y avait que le bavard pour imaginer une pareille rénovation, explique Aude, qui leur fait visiter leurs appartements personnels.

Les chambres des enfants, situées sur les côtés, sont joliment mansardées. Les tons chauds et colorés des tapis et des tentures en font des chambres gaies et accueillantes. Alex et Charlotte en sont fous. Ils adorent tout, de la maison à la région, en passant par leur nouveau mode de vie. La chambre de la fillette donne franchement dans le romantisme, avec son lit en fer forgé blanc vieilli et son ciel de lit bouffant, de satin écru. Les grands miroirs patinés blancs, rétros comme les cadres contenant les photos, les appliques à pampilles et le dessus de lit en boutis... Exit, les housses de couettes aux héros de dessins animés, les roses, les fleurs... Seul un antique cheval de bois à bascule témoigne encore de l'enfance pas si lointaine de l'occupante des lieux.

Alex, lui, a opté pour un décor épuré, digne d'un moine bouddhiste. Lit Futon à même le sol de bois, un long meuble métallique repeint tient lieu à la fois de bureau et de seul rangement de la pièce. Une immense photo de patinoire où courent des hockeyeurs témoigne de l'ancienne passion de son occupant. Elle couvre la totalité d'un pan de mur.

— Heureusement qu'il y a un placard mural derrière la photo... sinon, on posait tout par terre !

Marina, qui les a rejoints, n'en paraît pas moins ravie de l'effet obtenu.

— Remarque, Alexandre pensait que ce serait plus facile à ranger... il déchante déjà, s'exclame-t-elle en riant !

— En plus, il comptait se passer de télé facilement, mais il commence à tester son père !

— Il cédera, c'est sûr, mais plus tard… notre porte-monnaie n'est pas extensible à volonté. Ils doivent l'apprendre. La télé c'est dans la salle commune en bas !

— Il a du mal à comprendre qu'il y ait un écran dans chaque chambre et qu'il n'y en ait pas une de plus, pour vous.

— Charlotte par contre s'en passe très bien. Quand elle ne fait pas ses devoirs, elle recopie des recettes et dessine des plats. Elle se prépare pour plus tard, quand elle prendra notre suite !

Régulièrement, plusieurs fois par mois, Juliette vient les rejoindre au Casteù. Aude et Marina s'occupent alors un peu des bébés, pendant que leur mère, revenant à ses « amours prénatales », récupère les vieilleries sorties du grenier pour en faire les bibelots décoratifs qui ont pris place un peu partout dans la demeure.

— Il faudra bien que je rouvre le magasin un jour… autant ne pas perdre la main !

Vieux paniers à salade en fer, débordant de pivoines de soies, plus vraies que nature ; horloge ayant connu de meilleures heures et qui éclairent maintenant l'entrée, dans une deuxième vie qui fait d'elle une lampe. Paniers à œufs grillagés, remplis d'œufs de bois, ayant perdu depuis longtemps leur utilité pour repriser les chaussettes... Antiques portes de buffets dont les vitres depuis longtemps disparues ont été remplacées par des miroirs. Étagères ouvragées, seules survivantes d'anciens vaisseliers ; elles ornent les murs des salons et exhibent fièrement vieilles théières, boîtes à biscuits, et autres pots, sauvés de la casse.

Tous ces témoignages d'un lointain passé, réactualisés, aident à donner à l'ensemble un cachet bluffant. Loin des rénovations voyantes, c'est un univers feutré qui tout en étant ancien est devenu très actuel.

— C'est tendance, non ? demandent les deux sœurs, fières de leur intérieur.

Marie et Milo, avec leur expérience des cuisines où passe beaucoup de monde, donnent leur avis sur l'aménagement de celle qui prend place au Casteù. Même si la vocation première du domaine n'est pas d'y faire suivre des stages gastronomiques, ils n'en ont pas moins fait une cuisine solide, fonctionnelle et pratique. Claire et agréable, elle donne immédiatement envie d'y rester.

— Ça va dépoter ! disent les deux sœurs.

Le premier repas familial qu'ils prennent au vignoble est celui de Noël. Quinze personnes : Jean, sa femme et Gilles - qui a une véritable passion, lui aussi, pour Marie et sa famille ; en passant par les jumeaux. La grande bâtisse résonne des cris des jeunes et des voix plus fortes des anciens trahis par leur ouïe.

L'échange de cadeaux sous l'arbre immense du grand salon est un grand moment.

Le vieux Gilles

Dans cette nouvelle vie, Gilles, ressuscité, est le conseiller des femmes en matière de légumes et de plantations potagères, le référent et modèle pour Thibaut et Roland dans le vignoble. Toutes les questions de Charlotte et Alexandre, sur la Camargue et ses traditions, trouvent une réponse auprès de lui.

Loin de prendre ombrage du temps que Marie passe le vendredi matin avec le vieil homme, son mari l'encourage. Comme parler en présence de Charly le met mal à l'aise, ce dernier laisse partir sa femme au moins une fois sur deux en tête à tête avec Gilles car, comme tous, il adore le vieillard et aime lui faire plaisir.

Durant leurs voyages, la vie du vieil homme fait brusquement un bon dans le passé, et il y entraîne son amie.

Il est né, dans une cabane camarguaise, couverte de roseaux, en 1919. Dans une France qui se remettait mal de la guerre, de ses morts, et des profondes blessures qui restaient dans les cœurs. Son père était revenu par miracle du chemin des dames, où son devoir de citoyen l'avait appelé en 1916, comme beaucoup de ses compagnons d'infortune, qui n'avaient pas tous eu la chance d'en revenir.

Les femmes, les mères et les plus vieux avaient, un matin d'avril, regardé en pleurant partir ces longs convois qui emportaient les forces vives du pays, dans leur tenue « bleu horizon ». Mais de tout cela, il ne connaissait pas les cruels détails, son père ayant toujours gardé sur ce sujet un silence pudique, qui disait plus encore qu'un long discours les souffrances endurées.

Un million et demi de soldats morts. Autant dire que l'ancien Mestre en avait vu des amis tomber. Il en garderait toute sa vie, une oreille sourde, par les canonnades, deux doigts en moins et une jambe plus courte. Des images d'horreur, qui le murraient parfois dans des silences glacés qui pourraient durer plusieurs jours. Une colère que rien ne calmerait jamais.

À son retour, maigre, les poumons en vrac, tenant tout juste debout, il avait lu une déclaration du Général en Chef allemand Ludendorff, qui estimait que « Les consommations en troupes et en munitions avaient été extraordinairement élevées. »

Tous ces hommes, bouffés par la vermine, la peur, la faim, qui mouraient dans un enfer de feu, étaient décomptés dans les pertes, comme de la consommation, au même titre que les munitions. Son antimilitarisme congénital s'en était encore accru.

Non, sa colère ne se calmerait jamais.

Et ce vieillard, qui durant quelques instants redevient le petit garçon de son père, a l'air de trouver en racontant son histoire que ce papa disparu depuis longtemps avait drôlement raison.

D'ailleurs, son père mal remis et sa mère mal nourrie ne s'étaient pas préparés à avoir un enfant aussi vite… Mais ce petit bonhomme de huit cents grammes, sauvé in extremis par sa mère, alors que la sage-femme le disait condamné, s'était accroché à la vie.

Blanche a installé son petit, plus maigre qu'un poulet, dans une boîte pleine de coton, et l'a nourri d'eau et de sucre, qu'elle lui a fait téter à l'aide d'une fine gaze, jusqu'à ce qu'il accepte le lait.

— Et le plusse (il prononçait les s) c'est que j'ai survécu. Les voisins, ils lui disaient à ma mère : « Blanche, laisse-le mourir, ce pauvret ». Ma mère répondait rien. Mon père disait : « laissez-la faire ». Et le plus beau, c'est que j'ai grandi, et que je suis devenu plus costaud que les enfants des voisins.

À sept ans, le « pauvret » a déserté les bancs de l'école un mois sur trois, pour suivre son père dans la vigne.

— Je « faisais » pas la rentrée de « sectembre ». J'y retournais quand j'avais des poux. La maîtresse, qui s'appelait Eliane, était jolie comme un cœur, on était tous amoureux. Elle nous « meuté » la tête en bas sur un journal, et nous coiffait à l'envers. En tombant, les poux « faisaient » du bruit sur le papier… Je l'entends encore. Après, elle nous passait du pétrole.

Et en voiture avec Marie, qui l'amène chez la Fanneu, lieu du rendez-vous de chaque vendredi, il revit pour elle des souvenirs qu'il croyait enfouis à jamais.

Ensuite, entre deux trajets, deux tranches de vie, il va trois heures durant, avec quelques anciens comme lui, refaire le monde en jouant aux cartes, ou en commentant le journal.

Ils règlent de vieux comptes, vilipendent les hommes politiques, ces pourris qui se font élire par un peuple sur lequel ils sont assis, avec des promesses qu'ils ne tiennent jamais. Ses amis aussi, comme sortis d'un long sommeil, retrouvent la verve de leurs vingt ans, et avec l'expérience de leur quatre-vingts et la sagesse acquise avec les années, tirent sur la comète des plans qui ne sont sûrement pas plus bêtes que ceux des élus, et certainement bien plus honnêtes.

Marie retrouve son vieil ami, déchaîné à la fois par les propos tenus et l'alcool avalé. Ses joues rouges et son nez éclairant disent l'intensité de la conversation.

Souvent, la Fanneu lui fait, devant un café, un compte-rendu succinct des échanges, dont la vigueur lui tire des larmes de rire.

— La couleur du nez est proportionnelle aux litrons ingurgités… c'est la cocarde !

Et elle rit de ses bons mots. Marie rit aussi, car elle sait que, comme elle, la femme adore ces vieux témoins d'une autre époque.

Entre travaux et voyages à Paris, matinées du vendredi et mises au point pour la saison suivante, l'hiver passe sans incident notable. Les premières dents des jumeaux. Leur premier « tata. » Les premiers pas. Les essais de nouveaux plats des deux sœurs sur la famille. Le voyage de noces de Marie et Charly.

— Vous allez vous ennuyer sans nous !

Quinze jours en Chine au sortir de l'hiver, avant la saison au Fandango.

— Merveilleux et froid… et vous nous avez manqué !

Durant l'absence de la jeune femme, Milo l'a remplacée dans sa tournée, et les rendez-vous du vendredi se sont poursuivis, mais le vieil homme a été heureux de retrouver sa préférée. Et c'est la reprise du marché pour Marie et Gilles, la reprise des voyages dans le passé.

Il a malgré tout appris à lire. Son père, qui n'avait eu que cet enfant, était avec lui sévère mais juste. Il lui enseignait absolument tout ce qu'il savait, sur ce carré de terres inondables qu'il possédait. Il y avait planté des pieds de vigne. Au fil des ans, il avait racheté les lopins voisins, sur lesquels il avait planté d'autres vignes.

— Il aimait ça, mon père, les vignes… c'était son bonheur. Il avait le don. C'est pour ça qu'on lui a dit Mestre. Parce qu'il avait le don. Quand une vigne partait en cagade, on venait le chercher et y la soignait. Et tu aurais dû voir, petite, comme y taillait sa vigne, avec une seule main… la gauche, que c'était pas sa bonne au départ ; mais ses doigts perdus à la guerre lui permettaient plus de tenir le sécateur de la droite. Y pouvait te tailler un arpent sans te décrocher un mot… mais personne passait derrière lui… oui, la vigne c'était son bonheur !

D'un petit lopin étroit au départ, il s'était retrouvé en quelques années à la tête d'un beau petit morceau de terre.

Hélas, vingt ans après la naissance de son fils, cet antimilitariste, qui croyait que la folie servait de leçon aux hommes et qu'il avait vu l'horreur finale, la « der des der », la dernière guerre mondiale, sentait bien que tout recommençait.

— Depuis Ludendorff, plusse que pour le reste, il aimait pas les Allemands. Y disait, ce sale petit boche de Hitler, si on le descend pas de suite, il va nous remettre le feu.

Entre-temps, Gilles vendait ses légumes au marché, lui aussi, la vigne l'avait attrapé, il voulait acheter de la terre, comme son père.

C'était en allant « mener sa récolte » qu'il avait repéré une petite repasseuse.

— C'est qu'elle était belle, ma Fine.

Il reste songeur un instant, un sourire nostalgique aux coins des lèvres, avant de reprendre.

— Chaque samedi, elle menait son linge aux clients riches. Elle « faisait » le linge fin… délicat. Un jour qu'elle passait son paquet sur les bras, je lui ai dit que son linge avait bien de la chance. Elle a rougi, mais m'a pas répondu. La semaine suivante, elle m'a répondu à mon bonjour. À la troisième rencontre, quelqu'un a dit à son père qui avait des chevaux, il était cocher, que sa fille parlait à un paysan…

Il rit à l'évocation de ses souvenirs, et son rire est doux et humide.

— Le quatrième samedi, elle s'est arrêtée. « Mon père vous fait dire que vous avez une semaine pour me demander… sinon, il faut plus me parler. » « Mais j'ai pas besoin d'attendre une semaine… j'irai demain ! », et le lendemain, j'ai été demander la main de ma Fine à ses parents, Ange et Adélaïde.

Et cet homme et cette femme d'un autre temps se sont retrouvés fiancés, alors qu'ils s'étaient croisés quatre fois, et avaient échangé deux phrases.

De longues fiançailles ont ainsi commencé.

— Avec deux amis *Santencos*, on prenait nos guitares, et on allait certains soirs sous les fenêtres de ma Fifine, et je lui offrais la sérénade. Je lui chantais des chansons d'amour. Elle sortait pas. Elle restait derrière les volets. Elle avait peur de se compromettre.

Et dans la bouche édentée de ce vieil homme qui revit sa jeunesse et ses amours, en riant des folies passées, l'histoire devient une tranche de vie à la Zola. Belle et terrible, comme il n'en existe plus. Incompréhensible même, pour la majorité des gens.

Aujourd'hui, quand on a échangé deux phrases... on couche !

— Tu comprends, fillette... dans ces temps-là, quand j'étais jeune... y'avait un « respé »... les hommes se « respétaient », les femmes se respétaient, les enfants respétaient les anciens... on respétait la nature... y'avait une sagesse. Regarde, c'est comme tous ces ruisseaux... y vont tous à la mer... mais la mer elle déborde jamais... c'est la sagesse de Dieu. Le cycle de la vie. Dieu, y te prête la terre, l'eau... mais tu les respétes et tu les rends aux générations suivantes. Aujourd'hui, les hommes y respétent plus, et tout s'en va. Maintenant, tout est déréglé... parce qu'on respéte plus rien... ça fait que tout déborde et s'en va en cagade. Y l'est beau le monde qu'on va laisser !

Et si Marie ne voit pas très bien comment tout « déborde », elle comprend très bien le sens des propos du vieil homme, et partage son point de vue.

Le soir, lorsque la jeune femme retrouve Charly chez eux, devant le rituel feu de cheminée, elle lui rapporte les propos du vieil homme, et ils commentent ces souvenirs d'une autre époque.

— Tu imagines, comme la vie a changé en un peu plus de soixante ans… c'est inimaginable.

— C'est tout un mode de vie qui a disparu. Le but de ces générations, c'était une famille, une situation, une maison à léguer… vieillir dans ses murs, au milieu des siens. Aujourd'hui, on rêve d'aller mourir au soleil, loin des enfants, c'est pour cette raison que les gens cherchent comment gagner de l'argent vite et beaucoup… pour partir plus vite et profiter. La question qu'ils ne se posent pas, c'est profiter de quoi ?

Marie écoute son époux, pensive.

— Oui, les gens courent sans savoir après qui… ou pourquoi…

— Les signes extérieurs de richesse, qui sont censés les rendre heureux. La notoriété, un physique de magazine. Il faut à tout prix rentrer dans un moule préformaté. Et lorsqu'ils s'aperçoivent que ce moule ne leur convient pas, c'est le drame. J'en ai vu et entendu, de ces gens qui cherchent à toute force à ressembler à… Qui pensent que le bonheur viendra avec un tour de poitrine différent, un autre nez, ou la bouche d'une actrice qu'ils aiment.

— Pourtant, tout le monde aspire à la même chose, un peu d'amour, un peu de bonheur. C'est idiot de penser que, ce qui rend heureux certains, nous rendra forcément heureux aussi…

— Dans la théorie, les gens pensent tous à peu près comme ça. Dès qu'ils sont faces à eux-mêmes, c'est différent. Pouvoir s'identifier à l'autre, dans un monde où les gens ne se regardent plus vivre, ne s'écoutent plus et ne partagent plus… c'est rassurant. Ils cherchent une appartenance en oubliant la première… celle que l'on se crée. Sa famille ! Qui n'est pas forcément toujours celle du sang, mais celle qui nous ressemble.

— Nous avons éprouvé tellement de bonheur à trouver un certain rythme de vie, plus vraie, plus en accord avec les saisons. Une vie de famille, qui nous correspond. C'est rassurant aussi de savoir qu'il y a toujours quelqu'un pour vous !

— Mais nous, nous avons eu de la chance… même une sacrée chance. Nous avions tous la même envie… Imagine que Marina ou Aude n'aient pas eu le désir de changer leur mode de vie, de renoncer à Paris… ou que nous n'en ayons pas eu les moyens, tout simplement… Ou pire, que même un seul d'entre nous ait été plus porté sur le paraître que sur la bonne bouffe !

Il sourit en disant cela.

— On aurait pu ne pas se rencontrer !

— Ça ! C'est quelque chose que je ne peux même pas envisager !

Comme pour conforter ses dires, il serre Marie contre lui.

— Nous nous connaissons depuis deux ans ! Tu te rends compte des changements qui sont survenus dans notre quotidien ?

— C'est vrai ! Mais nous avions déjà tous refusé de nous laisser bouffer par la vie et ses rythmes infernaux.

— Ne crois pas ça. Moi le premier, avec mes dix jours de congé par an, les bonnes années, et mes douze heures de boulot le reste du temps. Et toi ? Comment vivais-tu avant de découvrir la vie ici, Milo, les chevaux, les *paluns*…

— C'est vrai, j'avais un rythme de vie complètement fou. Travail, travail et pas une minute… si, quelques week-ends… Le pire, c'est que je finissais par attendre des jours de congés qui ne m'apportaient rien. Un compte en banque dont je ne savais plus que faire… quoi que tu possèdes, si tu n'es pas heureux… c'est comme si tu n'avais rien.

Charly resserre un peu plus ses bras autour d'elle.

— Et aujourd'hui... tu es satisfaite de ce que tu as ?

— Ho ! J'apprécie chaque jour de notre vie. J'ai l'impression d'exister... de mener ma vie où et comme je l'entends... pas de subir chaque jour en allant vers une continuelle chute en avant. Tu sais cette impression de n'aller nulle part, d'avoir à vivre des jours identiques, et ça tout au long des mois.

— Je sais, mon amour. C'est le problème des gens que rien ne retient chez eux. Ils fuient. Mais comme c'est eux-mêmes qu'ils fuient... il n'y a jamais de repos.

Marie, collée contre la poitrine de son mari, rit doucement.

— Qu'est-ce qui te fait rire, mon cœur ?

— Le fait que je n'ai jamais été aussi heureuse et que jamais non plus je n'ai eu un compte en banque aussi bas. Tu imagines, entre Milo, moi et tes enfants, les dettes que nous avons !

— Tu veux dire que j'ai épousé une femme fauchée ?

— Ah ! Complètement !

— Boudioù ! Je n'ai plus qu'à me payer sur la bête !

Souvent, lorsque la troupe du Fandango arrive au Casteù, Gille, le vieux « sage », est dans le potager avec les deux sœurs, en train de sarcler une légumineuse de saison, ou bien, un arrosoir cabossé à la main, il mouille le pied d'une autre qu'il vient de repiquer. Devant la volonté infatigable des filles, il explique les lunes, montantes ou descendantes, l'heure d'arrosage pour que l'eau « profite », l'engrais qui convient à ce légume-ci, mais qui brûle cet autre-là…

— Ça se fait pas au hasard ! Là, tu mets de l'engrais des poules… mais là, celle des lapins…

Il tient d'ailleurs derrière son refuge deux barriques odorantes, qu'il destine à ces fins.

— Et le moment de planter ou celui de tailler, c'est pas le même.

Pour l'heure, son éternel mouchoir vissé sur la tête, il montre à Marina, passionnée par ses plantations, comment ôter les gourmands des « plantuns » de tomates déjà bien grands, retenus à de longs tuteurs de canisses, et dont les fleurs s'annoncent prolifiques.

— Y faut l'empêcher de partir dans tous les sens, sinon, elle fait des feuilles, elle a plus la force pour les fleurs, et tu attends les fruits !

Ses gros doigts noueux, coupant sans état d'âme la repousse, à la base de chaque feuille, libèrent un parfum merveilleux et oublié, qui se propage alentour. Il garde continuellement des tâches vertes sous les ongles.

Il fait de même avec les courgettes. Des « rondes de Nice », pour les farcis ; il passe aux trompettes, non sans avoir « essuyé » ses mains sur son pantalon de toile, barré de bavures d'herbes

— On y dit des trompettes, à cause de la forme !

Et les cucurbitacées, encouragées par tant de soins et d'attentions, étirent leurs longues tiges creuses, fibreuses et hérissées de barbes piquantes, sur des longueurs incroyables.

— On ira bientôt cueillir les courges, au fond du domaine, fait remarquer Charly.

Mais impassible, le vieux connaisseur n'en continue pas moins ses bouquets de gourmands, qu'il jette ensuite sur un petit tas de « fanons », dans un coin pierreux, de toute évidence prévu à cet effet. Lorsque la tige aventureuse atteint une longueur qu'il juge raisonnable, il coupe la tête de la plante d'un geste décisif, comme si une nouvelle avancée de quelques centimètres pouvait à jamais compromettre la bonne pousse des légumes. Les petites courges, d'un vert pâle, sans doute pour lui donner raison, se mettront alors à grossir à toute vitesse.

Le vieux coquin, coupe un beau jour de son couteau usé leur pédoncule épais, et dépose délicatement les légumes tendres dans un panier, qu'il a pris soin de recouvrir de quelques grandes feuilles de courges râpeuses. Il cache ainsi sa récolte sous une autre feuille immense, et porte sa cueillette dans la cuisine, où il la dépose sur la table avec un sourire modeste mais entendu. En plus de son panier de courgettes trompettes, un matin, il fait son entrée dans la cuisine avec un énorme bouquet de fleurs longues et fragiles, d'un orange vif nervuré de vert, dont il a attaché les tiges poilues et raides avec un raphia.

— Des fleurs de courges ! En beignets !

Il donne un baiser au bout de ses doigts joints. Un geste qui est également familier à Milo. Aude confectionne la pâte à beignets et cuit les fleurs trempées dedans, sous la surveillance du mystificateur.

— De l'ail et du « persi », l'huile dans la poêle bien chaude…

Des cougourdes, il passe aux « zaricots » qui, d'après ses propres dires, poussent cette année, plus vite que « l'eau qui passe ».

Contrairement aux plants de tomates qu'il faut sans cesse rattacher aux tuteurs, tout au long de leur poussée, les « zaricots » s'y tiennent seuls.

— C'est merci à ces petits ressorts de verdure et une intelligence d'haricots… ça fait que tu te baisses même pas pour les ramasser… c'est la variété qui est comme ça, on y dit l'haricot rame, et ceux-là, c'est des beurres… dit-il en désignant de petits pieds touffus.

Charlotte, qui traîne pourtant partout avec lui, se tient loin de ses plantations de haricots magiques. Ces dernières étant toujours envahies par des colonies d'araignées, à qui leurs très longues pattes donnent une allure chaloupée. Même si ces funambules détalent à toute vitesse au moindre mouvement des feuilles, la fillette en a une peur bleue, sûrement à cause de leur gros corps bizarre.

— On dirait un gros œil !

Elle le suit par contre avec entrain. Un beau jour, il décrète l'heure venue de butter les oignons. Les enfants en espérant un sanglant règlement de compte, mais il plie leurs tiges, avant de les aplatir avec son gros soulier. La petite fille en reste médusée.

Avec lui, elle écrase la tige verte et épaissie de ces anciennes « cébettes ».

— Pour qu'y grossissent !

Tout comme il cultive plusieurs variétés de « cebes », blanches, rouges et jaunes, qu'il plante et récolte à différentes périodes de l'année, il cultive plusieurs variétés de pommes de terre, et un nombre incroyable de salades différentes.

— Uniquement pour le plaisir de nous mystifier.

C'est en tout cas ce que répète Roland, qui lui a donné son surnom de mystificateur.

Soulevant de grosses feuilles d'un vert poilu, le vieux magicien découvre un jour de gros fruits ventrus, d'un violet verni.

— La *mérenjana* ! En tranches panées, ça semble du veau. En français, on y dit aubergine.

Puis, c'est au tour des petits poivrons de se montrer, lorsque de vagues taches rouges ou brunes commencent à les différencier des feuilles. Longs, pointus et brillants, ils sont spécifiquement destinés aux salades, ou à la friture à la poêle. Le faiseur de miracles est formel.

Il est devenu le pilier du domaine, plus actif à présent qu'il l'a vendu que lorsqu'il lui appartenait. Les enfants et les Parisiens, comme il aime à appeler Charly et ses fils, réapprennent les saisons grâce à lui.

Il a planté, pour Charlotte et Alexandre, quelques pieds de fraises, que les enfants mangent directement à la cueillette.

— En plus, ça a le goût des fraises ! déclare un jour la fillette, pour la plus grande fierté de son vieil ami.

Au fil des plantations, des légumes et des fruits, les mois passent et l'histoire avance, dans l'intimité de la fourgonnette du Fandango.

Gilles raconte...

Ils ont suivi l'invasion de la Pologne, son partage. Et en quelques jours le monde s'est enflammé encore. Du Canada à l'Union soviétique. De l'Italie à la France. Le Danemark, la Norvège, la Suède. L'Europe s'embrase et Gilles a dû partir.

Pudique comme son père, il dit peu de ces mois-là. En quarante, il est rentré chez lui, a épousé sa Fine, et est entré en résistance, avec son père.

— Ici, tous on faisait de la résistance. La résistance, c'était pas quelques héros tout seuls. C'était les hommes et les femmes du pays. On cachait des aviateurs, des juifs, des résistants d'autres groupes, des Espagnols et des Gitans. On demandait même pas d'esplications. On faisait notre devoir. Un jour, il est arrivé un moulon d'enfants juifs… y sont restés trois mois, et puis y sont repartis. On les avait tous mis dans des maisons différentes, pour pas attirer l'attention. C'est que si y te prenaient avec des juifs chez toi… y cherchaient pas, y te fusillaient. Le curé avait même baptisé tout le monde pour le cas où, y disait que ça pouvait pas faire de mal… et il avait fait des carnets de baptême à ceusses qui en avaient pas… il y avait un jeune aviateur, Maurice, il était du nord, combien il en a fait des faux tampons, des fausses cartes. Je dis pas qu'y a pas eu des saloperies, comme partout… mais pas plus, et dans l'ensemble, ici, les gens se sont bien comportés… ah on en a fait des faux papiers à la mairie.

Le vieil homme se tait. Les yeux dans le vague, il sourit en secouant doucement sa tête. Il sort de sa poche un large mouchoir à carreaux, comme celui qu'il noue sur sa tête lorsqu'il va au soleil, et essuie ses yeux avec.

— Tu vois, petite… c'était dur, dangereux… mais on était heureux… ma Fine… Maryse… les parents, mes amis d'enfance. On « faisait » ce qu'on avait à faire… parce qu'y fallait bien. C'était les dernières années. Après, les boches sont venus me chercher à la maison. J'ai juste eu le temps de m'enfuir par la fenêtre de la grange, pour aller me cacher dans les *paluns*. Fine, elle leur a dit que j'étais parti depuis un moment déjà, parce qu'entre nous le torchon brûlait.

Mais il ne sourit plus et sa voix est triste.

— Je devais revenir quand ça se serait calmé. Les boches étaient tellement occupés à tout surveiller, à réquisitionner, à emporter ce qui avait de la valeur… qu'on arrivait encore à passer dans les mailles du filet…

Et puis un jour, quelqu'un a dénoncé le groupe. Les Allemands sont venus chercher chez eux ceux qui restaient. Y'en n'a pas besef qui ont pu s'échapper. Comme j'étais toujours au fonds des *paluns*, ils ont pris mon père.

La Blanche est venue le prévenir, sans lui dire que le vieux Mestre était pris. Il avait vécu caché dans les marais, durant trois mois. De temps en temps, quelqu'un venait lui apporter de quoi survivre. Au troisième mois, ils étaient deux survivants. Lui et un autre qui avait comme lui réussi à s'échapper aussi et qui vivait caché dans une soupente aux Saintes.

Lorsque les Allemands ont cru le groupe décimé, ils ont relâché le père à moitié mort, et affaibli à jamais, puis ont demandé aux familles de venir chercher les corps. Une voisine a reconnu son mari aux pièces de son pantalon, qu'elle avait cousues elle-même. Le pauvre garçon avait été tellement torturé, qu'il n'était plus reconnaissable.

Pendant qu'il parle, la voix de son vieil ami tremble comme ses vieilles mains.

— On y disait le siffleur... parce que de tout petit, on l'entendait arriver avant de le voir, y sifflait tout le temps... Paul le siffleur.

La vieille voix se tait sur des souvenirs qui ne se racontent pas.

Marie a voulu le ramener avec elle à la grande maison, pour boire un verre et voir les Parisiens travailler, mais il a refusé, et elle le regarde partir, silencieux et triste. Plus voûté que jamais, sans doute à force de se pencher sur un passé finalement peut-être trop lourd.

Le soir pourtant, dans son potager, entre Aude et Marina, il n'y a plus traces de sa tristesse. Un sourire coquin au coin des lèvres, le mystificateur accepte de venir à la grande maison pour partager une ratatouille, dont il a cueilli les légumes le matin même. Marie et le reste de la famille lui ont réservé une surprise, ils ont invité Péou, et ses vieux amis. Le Mestre fête ses quatre-vingt-six ans.

Charly a fait le ramassage et tous l'attendent dans le grand salon. Un peu gênés, un peu guindés, regardant autour d'eux avec étonnement. Ce n'est que lorsque Gilles arrive, et après le premier apéritif, que les langues des anciens se délient et que les commentaires vont bon train. Sur la remise en état du domaine, sur les changements dans la maison que tous ont connue du temps de Fine et même, pour certains, du temps du « vieux » Mestre et de la Mestresse, Blanche. Ils saluent le travail accompli, le respect des vieilles choses, qui ont retrouvé une place... après le troisième verre, ils deviennent prolixes et font rire l'assemblée, avec de vieilles histoires de familles, qu'eux-mêmes pensaient avoir oubliées et qui d'ordinaire ne se racontent pas. Des histoires émaillées de mots patois, dont en riant ils cherchent la traduction française, souvent sans la trouver.

Lorsque Charly et Marie ramènent les vieux *Santencos*, ils les remettent, bruyants et colorés, aux mains de leurs filles, voire de leurs petites filles, heureuses de les retrouver si vivants.

La vie dans le Sud procure aux « Parisiens » autant de changements qu'elle en a amenés à Marie, quelques années plus tôt. Comme ils sont entièrement plongés dans une vie totalement différente, chaque jour apporte son lot de nouveautés.

Loin de la folie d'une grande ville, ils doivent, parfois quand même, se confronter à la dure réalité de la vie à « la campagne », comme dit Gilles. Ils s'adaptent au climat, aux saisons, à la rudesse des Camarguais et à leurs us et coutumes, car ils ne veulent pas rester « les Parisiens » jusqu'à la fin de leur vie.

Roland, dont la passion pour sa vigne ne se dément pas, apprend des rudiments de patois à force de l'entendre.

Du soir au matin, il arpente ses parcelles. Surveillant la reprise des vieux ceps, la pousse des nouveaux, toujours à l'écoute des conseils que Gilles lui prodigue sans modération. Les hommes, que le mystificateur et Jean le bavard ont embauchés pour la remise en état du domaine, y sont restés et s'y trouvent bien, heureux de travailler avec quelqu'un qui ne ménage pas sa peine. En effet, Roland est le premier dans ses vignes et y est encore lorsque les ouvriers quittent le vignoble. Avec ses hommes, ils se comprennent et se respectent.

— En tous cas y jure bien ! dit Jean, au retour d'une visite dans le vignoble avec les deux frères.

Thibaut, fidèle à ses amours de laborantin, a pris la tête des caves. Au début, plongé dans les livres, il semblait ne jamais devoir cesser d'emmagasiner des connaissances. Il a finalement dû se résoudre à prendre le taureau par les cornes et à descendre dans l'arène. Les celliers ont demandé énormément de travail. En vingt ans, les avancées en matière de traitement du raisin ont fait une grande poussée technologique, et les deux frères ont longuement hésité entre investir des sommes extravagantes pour se mettre à la pointe de la technologie ou garder les méthodes de vinification des Mestres qui avaient exploité le vignoble avant eux. Ils ont choisi un compromis intéressant. Dans les celliers aux cuves, aux pressoirs et à l'outillage remis à neuf, Thibaut a installé un très beau petit laboratoire. Dans une aile du grand chai, il y mesure le degré d'alcool, le taux en sucre, l'évolution de la fermentation du moût... c'est son domaine. Si, lorsqu'après avoir versé le jus obtenu dans une succession d'éprouvettes, trempé dedans différents doseurs, mesuré l'avancée du processus, l'expert arrive au même résultat que Gilles, qui a sucé puis recraché un morceau de peau noire, son bonheur n'a pas de limite.

La première fois, le vieil homme a craché, au bout de quelques instants, un jus mauve et épais, avant d'annoncer :

— Entre 11 et 12 !

Front soucieux, sous le regard de la famille rassemblée pour l'occasion, Thibaut attend que son ordinateur-alcool-mètre, lui annonce les résultats.

— 11,6 ! On est d'accord ! 11,6 !

Il le répète tant de fois, que même Gilles rigole.

Entre Roland, que seuls la taille, la pousse, les maladies intéressent, et Thibaut, qui se promène dans tout le domaine une pipette à la main, Gilles a décrété qu'à deux ils finiraient par faire un Mestre honorable. Les deux frères ont pris cette réduction pour un grand compliment et ils n'ont pas tort.

Lorsqu'il n'est pas dans la vigne, Gilles est dans le potager avec les femmes.

Avec lui, elles apprennent des choses incroyables et insoupçonnées... C'est en tous cas ce qu'elles disent.

À la saison des fèves, le vieux mystificateur donne un exemple grandiose de ses talents sans limites.

Elles sont bien venues les fèves, cette année. Ils s'en font une « estoumagade ». D'abord avec le saucisson à l'apéro, puis en salade avec les petits artichauts du jardin bien sûr, ou sur les tomates, assaisonnées avec les cébettes ciselées dans la vinaigrette… Quand elles prennent du ventre, le vieil homme explique aux sœurs médusées comment faire un ragoût de printemps, avec un oignon, un petit morceau de poitrine salée « coupée fine », et les fèves avec leurs cosses.

— Surtout, tu enlèves bien le fil, sinon, tu manges pas… tu tricotes ! Un peu d'herbes, c'est pas rien !

Lorsque les fèves commencent à faire leur mauvaise tête et à se cacher sous une peau épaisse, le magicien s'assoit dans la cuisine avec les femmes, montre comment, après avoir enlevé cette pellicule caoutchouteuse et amère, on obtient une salade au goût incomparable, bien relevé… Et finalement, cuites. Patate et fèves bouillies, huile d'olive, un peu d'ail…

— Tu te casses le ventre ! Ma mère, elle en gardait pour le soir… elle les passait à la moulinette et elle me faisait la soupe de fève ! Avec un beau bout de poitrine fumée…

Il embrasse le bout de ses doigts, une fois de plus.

— Un régal ! Tu l'aurais mangée sur la tête d'un mort, la soupe de la mère.

Même Marie est toujours surprise de voir les ressources innombrables de son vieil ami.

— Mais, d'où vous savez tout ça, Gilles ?

— Y fut un temps… les légumes y z'arrivaient pas par camions d'Espagne, du Portugal, ou du diable Vauvert des pays que même pas tu prononces le nom… tu cultivais, tu mangeais… tu cultivais pas, tu mangeais pas. Comme tu te l'étais planté, arrosé et récolté, tu gaspillais pas ! Et quand ça venait bien, tu étais content et tu en mangeais jusqu'à avoir l'indigestion… alors, les femmes, elles avaient de l'idée et elles accommodaient tout… même les restes ! Pendant la guerre, ma mère, elle faisait la soupe avec les épluchures des patates, imagine un peu ce qu'elle était capable de te faire avec des fèves,

des tomates, des artichauts, des aubergines et un peu de cébe… !
On perdait rien… les fruits, les légumes, la viande. Quand on
n'arrivait plus à les manger, on les mettait en bocaux, on les
faisait sécher… on les salait… on les faisait en confiture, mais
on perdait rien !

Il se tait, réfléchit longuement…

— Quand j'étais jeune, va chercher les frigos… quand je vois
que vous avez des armoires, qu'on rentre debout dedans pour
refroidir… ça fait penser ! Moi, mon père m'envoyait avec la
remorque derrière le vélo, aux Saintes, pour chercher la glace.
Un morceau de glaçon d'un mètre, y nous faisait du froid
pendant quatre ou cinq jours, suivant le temps. On avait une
sorte de four pour ça. Un four qu'au lieu de garder le chaud, il
te gardait le froid. La glacière, on y disait. Et c'était pas toutes
les familles qui en avaient une !

Il y a comme de la fierté dans sa voix, au souvenir de cette
prouesse technologique, qui a en son temps marqué une avancée
de sa famille, sur certaines autres… moins modernes.

— Dans la cour de derrière, ma mère, elle « meutait » la grosse lessiveuse qu'elle se servait pour la grande lessive. On la posait sur deux parpaings, dessous on « meutait » le foudroyant. C'était un gros feu qui marchait avec une bouteille de Butagaz. Il faisait des flammes énormes. Dans la lessiveuse, on « meutait » de l'eau et des bocaux. On laissait cuire. Tu avais des bocaux de tomates, d'autres de prunes, d'abricots, de cerises, de haricots… va chercher les boîtes et les surgelés. On laissait tout ça à refroidir. On le montait au grenier. L'hiver on avait des légumes du jardin. Des tresses d'oignons, des patates, des cougourdes qu'on avait laissé grossir… c'était pas rien.

Si les jeunes apprennent avec Gilles, lui aussi, auprès des jeunes, va de surprise en surprise. Le jour où il découvre, sous la tonnelle de la grande maison, les jumeaux de Juliette et Milo, arpentant le périmètre à reculons dans leurs trotteurs de courses... il reste sans voix.

Manon, de loin la plus rapide, donne sur ses petites jambes de telles poussées que sa machine infernale fait des bons en arrière. Elle éclate d'ailleurs de rire en tapant dans les pieds du vieil homme.

— Alors, Gilles, qu'est-ce que vous pensez de son véhicule ? demande Marie, souriant de son air stupéfait.

— Qu'est-ce que c'est ?

— C'est un trotteur, pour qu'ils apprennent à marcher.

— Oh ! Ça je sais... nous on y disait un « youp-alla »... va savoir pourquoi. Celui de Maryse, je l'avais fait dans un cageot... j'avais mis des roulettes, avec un torchon, j'y avais fait comme un harnais... ça marchait bien... Non, je sais ce que c'est. Ce que je connais pas, c'est quoi, ça ?

Et il montre les gadgets qui ornent le trotteur de Manon. Une hélice en plastique, des manettes, de faux écrans de contrôle... un rétroviseur et d'immenses fausses roues... tout un programme qui fait, en plus, tout un tas de bruits techniques assortis à la fonction.

— Eh bien, le trotteur de Manon est un avion, et celui d'Antoine est une auto…

Le vieil homme regarde tour à tour l'un et l'autre des engins, en se grattant le menton d'un air dubitatif.

— Hé, bé… entre une qui recule et un qui bouge pas… mon cageot, il aurait aussi bien fait l'affaire !

Un autre jour, arrivant dans la cuisine un panier de patates nouvelles sous le bras, il surprend Charlotte en train de se réchauffer un morceau de tourte au micro-ondes.

— C'est un four ?
— C'est un micro-ondes, ça réchauffe très vite et ça cuit en quelques minutes, explique Marina au vieil homme, qui a longuement contemplé l'objet en question.
— Comme ça marche ?
— C'est un procédé qui active les molécules si vite qu'elles chauffent… c'est du moins ce que j'en ai retenu.

Dans un silence qui en dit long sur l'intensité de sa réflexion, Gilles regarde encore longuement cet appareil inconnu.

— Les molécules... c'est comme les atomes... c'est avec ça qu'on est fait ?

Marina ne peut qu'approuver cette recomposition simplifiée des corps moléculaires.

— Si y te les active... y te les déplace ?... et après, y te les replace ? Pasque moi, j'ai lu que c'était la place des atomes qui faisait la différence des choses... j'esplique mal, mais je me comprends... si ton four y déplace tout, tu rentres un poulet, mais tu ressors quoi ?

En riant, Marina, lui assure que le poulet qui aura pris place dans le micro-ondes en ressortira poulet. Mais le vieil homme garde un air soupçonneux, avant de murmurer :

— Tu m'enlèveras pas de l'idée que ça doit pas être fameux pour la santé ! Non ?

Et Marina doit bien avouer qu'elle est incapable de répondre à la question.

Au rythme des marchés, Gilles reprend son histoire. La trame en a à jamais marqué l'esprit du vieil homme ; pour Marie, il laisse la navette de ses souvenirs naviguer librement, et le fil de sa mémoire semble n'avoir pas de fin.

— Nous, on a gardé trois ans un petit. Il habitait Nice, y faisait de la faim. Il était même pas juif. Juste affamé. Y s'appelait Pierre. Il était beau et je l'aimais bien. Il avait dix ans et il était plus dégourdi que d'autres à quinze... peut-être pasqu'y venait de la ville... Il avait déjà fait deux familles et, chaque fois, y s'était échappé. Remarque, pauvre chato, la première fois, on l'a mis aux Saintes, chez deux sœurs vieilles filles, Marie et Maine, son nom c'était Germaine, mais on y disait Maine.... Elles étaient braves, mais Pierre, y m'a dit que chez elles, ça sentait la pisse de chat... et c'est vrai que les deux sœurs, elles en avaient je sais pas combien des chats. Moi, j'ai mis ce petit perdu dans le grenier, avec les réserves. J'y ai dit que si y voulait pas rester, je le ramènerais, mais qu'y devait plus s'enfuir. Dans la nuit, il a tellement mangé de saucisson qu'il a vomi tout le lendemain. Avec Fine, on avait déjà Maryse... elle faisait du piano... elle apprenait l'anglais, avec un vieux professeur des Saintes... si ça se trouve, elle aurait pas appris l'anglais, elle serait pas partie se marier aux zamériques, avec

176

un qui travaillait dans les zaréoports... si ça se trouve... En attendant, quand le petit Pierre il est arrivé, Maryse, elle a été gentille avec lui. Elle y prêtait sa bicyclette. C'était un grand vélo de fille, mais y fallait le voir dessus, dévaler les chemins, ce morveux à peine plus épais que son guidon. Il filait comme le *largado*. Il partait des journées entières. Il rendait service aux uns et aux autres. Il aidait aux bêtes, Fine lui confiait ses volailles. Il aimait pas les canards parce qu'ils lui pinçaient ses mollets de grive, avec leurs grands becs plats... Quand j'avais besoin de lui, il travaillait même le dimanche. Sinon, ce jour-là, il avait quartier libre. Il partait tout gominé sur son vélo de fille. Un jour, en rentrant, il est parti dans la cour, derrière la maison. Comme il avait toujours quelque chose à faire, on s'est pas inquiété. Peut-être deux heures plus tard, y'a eu une esplosion... terrible. Ce petit couillon, il avait été sur la plage, et il avait trouvé des munitions abandonnées dans Dieu sait quel trou. Il les avait ramenées et il avait vidé la poudre dans une bouteille. Une bouteille de lait de Fine... il a fait une mèche avec un bout de chiffon et y'a foutu le feu. Comme ça partait mal, il a raccourci le chiffon, plusieurs fois... jusqu'à ce que ça y pète à la figure... il est sorti de l'arrière-cour, en lambeaux et en sang. Moitié nu... du verre partout. Fine et Maryse lui ont tout retiré avec une petite pince.

Le vieillard rit doucement à l'évocation de ses souvenirs.

— Il avait tellement peur que je le gronde qu'il a pas pleuré une larme. Pourtant, il avait des morceaux de verre dans la tête, dans les bras… les genoux… pauvre chato… En plus, il avait ruiné ses habits du dimanche, la Fine, elle était colère.

Mais il rit de plus belle, et doit même essuyer ses yeux.

— Ce que j'y ai pas dit à la Fine, c'est que l'esplosion nous avait tué quatre lapins… elle s'est cru que je les avais tués pour les cuisiner… tu parles, juste la guerre elle se finissait, quatre lapins d'un coup !

Il n'explique pas ce que sont devenus les lapins morts, mais son sourire laisse présager un heureux civet.

— Ce petit… moi, je l'aimais bien parce qu'il était dégourdi… Deux jours après l'esplosion, il cavalait de nouveau dans les ornières, et grimpait aux arbres pour manger les fruits…Trois ans. Il est resté trois ans. Après, les services de la ville sont venus le récupérer… il est parti. On n'a eu de la peine avec Fine, et je pense que lui aussi. J'y avais donné un petit couteau, y voulait me le rendre. Quand j'y ai dit que c'était le sien, et qu'il pouvait l'emporter… j'ai bien vu qu'il était content. Y m'a passé les bras autour de la taille, m'a serré, il a embrassé Fine, Maryse et puis il est parti… oui, je l'aimais bien. Après il a sûrement été heureux de retrouver sa mère et ses trois grands frères. Il me semble que sa mère on y disait Louise.

La saison bat son plein, au Casteù, les deux sœurs se préparent à recevoir le fameux mariage que Charly a accepté, presqu'un an auparavant. Elles ont déjà reçu un tas d'hôtes, mais une noce de cent personnes… Milo a décrété qu'ils s'en sortiront très bien, qu'ils seront tous en cuisine le jour J, et que tout se passera pour le mieux.

Le Fandango affiche complet et le Casteù également. Ils ont optimisé les couchages et entre les deux domaines, cinquante-trois personnes passeront trois jours. Une petite vingtaine ont dû se résoudre à accepter d'être hébergés ailleurs. La Fanneu les a récupérés. Les autres, ne passant que la journée, arriveront le matin, et repartiront le soir.

— Soixante-treize personnes à gérer pendant trois jours… c'est de la folie !

Aude et sa sœur sentent monter la pression. Milo affiche une tranquillité qu'il est loin de ressentir, Roland et Thibaut, fidèles à eux-mêmes, ne s'inquiètent pas.

— C'est normal, nos maris sont inconscients !

Charly motive les troupes. Marie fait de longues listes de tout ce que nécessitera la sustentation d'autant de monde.

Juillet s'annonce terriblement chaud.

Le menu de la noce a été choisi par les familles.

Elles sont descendues deux jours entiers sur place, uniquement pour cela. Les parents des mariés se sont extasiés en visitant les maisons, les chambres, les terrasses et les chevaux ont donné une idée aux futurs époux.

— Nous rentrerons des Saintes à cheval… pas en voiture !

La semaine du mariage, les deux domaines sont vides. Milo, Marie et les deux sœurs ont consacré les journées au ravitaillement, nettoyage, décoration...

J moins cinq, vins, champagne, alcools, arrivent de chez les producteurs.

J moins quatre, mise en place des alentours, piscine, tennis, gazon, allées… tondeuses, taille-haies et râteaux entrent en action à l'aube pour se taire à la nuit tombée.

J moins trois, mise en place des chambres. Linge et sanitaires. Chaque meuble, accessoire de déco, brille comme un sou neuf, jusqu'à la dernière serviette de toilette, artistiquement pliée et parfumée à la lavande.

J moins deux, décoration de la salle de réception et de la terrasse couverte où seront dressées les tables. Toutes les tables sont tirées pour former des îlots, où seront placés les invités, selon les plans fournis par les mariés.

J moins un, fruits, légumes viandes et toutes les denrées périssables sont livrées au Casteù. Les fleurs envahissent les tables, les guéridons, les rambardes, les pieds de parasols. Tout ce qui peut être orné l'est. Le fleuriste, venu spécialement du Grau du Roi, fait des merveilles.

Des guirlandes tombent des verrières, les clématites en pleine fleuraison ajoutent leurs couleurs et leurs parfums.

Bizarrement, cette avalanche de fleurs, de tulles, de bolduc, met du baume au cœur de femmes et, soudain, la charge leur semble légère. Le repas traditionnel qu'ont choisi les familles se met en place. Milo se rend aux Saintes avec les chevaux qu'il confie à un cousin, afin qu'ils soient sur place.

À quatre heures du matin, les cuisines ronflent. Les minuscules « pan-bagnat », les pissades et autres tourtes destinées à l'apéritif, avec les bouquets de légumes de l'anchoïade, attendent leur heure. Les jambons entiers et les saucissons sur leurs potences guettent les couteaux. Les immenses cocottes remplies jusqu'à la gueule de gardiane, qui n'espère plus que les fourchettes, retiennent sous leurs couvercles tous les fumets, afin de permettre aux senteurs d'éclater d'un seul coup dans les assiettes fumantes. Bastien, le petit fils barbu de Péou, s'est surpassé, ses fromages aux herbes, aux poivres, à l'huile, au cumin... posés par couleurs sur de grandes clayettes de joncs, promettent un enchantement de saveurs qui accompagnera les salades.

Comme réglé par un chef d'orchestre, l'arrivée de la pièce montée se fait juste après l'enlèvement des dernières assiettes. La corne d'abondance de deux mètres de haut roule au milieu de la pièce, sur un petit chariot prévu à cet effet. Le pâtissier d'Arles n'a pas loupé son coup !

Au fond du jardin, son mouchoir noué sur la tête, Gilles a vu arriver, selon ses dires, cette énormité de gâteau motorisé.

— Y semblait un char de la fête des Maries, aux Saintes, quand y'a la procession...

Elle avait dans un premier temps, rejoint le frigo, où tu « rentres debout », avant de se dévoiler aux yeux des invités.

— C'était escagassant !

C'est le mot que chacun gardera de cette journée.

Escagassant ! Il sera dorénavant repris à chaque occasion. En entendant le vieil homme prononcer ce mot, les jeunes époux ont tenu à s'en faire donner la traduction et Juliette, Marie, Aude et Marina, le retrouve sur le blog du domaine, au milieu des photos, dans les échanges qui parlent du mariage.

Un soir, Gilles arrive dans le grand salon, un panier de prunes tardives sous le bras. Il cherche Marina, avec qui il doit entreprendre des confitures. Il la trouve avec le reste de la famille, en train de regarder des images du mariage, sur le grand écran plat. Les bruits de la fête retentissent dans la vaste pièce, aussi réels qu'ils l'ont été quelques jours auparavant. Le vieil homme s'arrête à la porte, les yeux fixés sur les images. De temps en temps, un des membres de la famille passe dans le champ de vision du cameraman et, un plat ou une bouteille à la main, traverse l'écran.

— Eh bien, Gilles, qu'en dites-vous ?

— Qu'on est loin de la famille Duranton et de la TSF… maintenant, on peut se faire son film et on passe à la télé… c'est pas rien !

— On ne passe pas à la télévision nationale, Gilles, explique Marina en riant.

— C'est quand même la télé… la première télé qu'on a eue avec Fine, c'était tout blanc et noir… on ne reconnaissait personne, et on n'entendait pas plus. On était content, moi j'ai vu de Gaulle et Charly Chaplin… c'était pas rien !

Dans la foulée du mariage, ils reçoivent tellement de demandes qu'ils doivent remettre en question leur vocation première, comme dit Roland.

— Une dizaine de mariages dans la saison et tu te reposes le reste de l'année !

— Et ça nous permettrait de nous consacrer complètement au vignoble, ajoute son frère, qui n'aime rien plus que rester enfermé dans son laboratoire.

— On pourrait vraiment se spécialiser et avoir du temps pour nos livres de cuisine.

Comme d'habitude, les sœurs sont prêtes à rebondir. Marie et Milo hésitent, lorsque Charly apporte sa pierre à l'édifice.

— En tous cas, sachez que l'an prochain vous pourrez compter sur une paire de bras à temps plein.

Il les tend d'ailleurs vers eux. Marie est la première à comprendre et se précipite sur lui.

— Enfin ! Ça y est !

Tous se mettent à commenter ensemble la retraite prochaine de Charly.

— Alors, toi, tu en penses quoi ? Tu crois que ça serait une bonne idée de se spécialiser dans les mariages ?

Il prend le temps de réfléchir, en continuant de serrer sa femme contre lui.

— C'est à voir… une douzaine de mariages par an, c'est grosso modo deux mois de travail intensif sur six mois… mais ça laisse du temps pour le reste !
— Et ça fait un sacré chiffre d'affaires !

Première récolte, première cuvée

La saison a été excellente, mais épuisante. À peine ont-ils posé leurs tabliers de cuisiniers que le moment de vendanger arrive. Le vignoble attend alors, comme le reste des domaines viticoles, le passage des saisonniers, qui se chargeront de cueillir les grappes arrivées à maturité afin d'en remplir les cuves.

Une nouvelle aventure commence, qui met les hommes du Casteù, du plus jeune au plus vieux, dans une fébrilité qui va durer des mois. En effet, après le ramassage, il y a la fermentation, et la surveillance du moût, le taux de sucre et sa bonne influence sur les futurs degrés du vin en devenir…

Aude et Marina, épuisées, ont fini par monter passer une semaine à Paris, avec Marie et Charly. Profitant des vacances de Noël, elles ont emmené Charlotte avec elles, Alex refusant de quitter le domaine. Au dernier moment, Juliette a décidé de se joindre à eux avec les jumeaux. Milo, aussi impliqué que les autres mâles du vignoble dans le degré d'alcool de la première production du « Casteù Dou Fioù », a fini par lui taper sur les nerfs. Elle a donc décrété que le temps de découvrir la capitale était venu pour ses enfants.

À dix-neuf mois, les petits passent avec bonheur des bras de l'un aux bras de l'autre. Ils sont aussi turbulents qu'adorables, et Juliette est ravie de se reposer sur tous ces bras de femmes, durant quelques jours.

Elles font le tour des boutiques et des petits restaurants, se font plaisir, heureuses de se retrouver entre filles, dans un contexte qui, s'il a été le leur naguère, est aujourd'hui bien éloigné de leur quotidien.

Au chaud dans les salons de thé, les salles de restaurants, elles discutent sans fin de leur vie passée, en tentant de juguler la vigueur de Manon et Antoine, habitués aux espaces camarguais.

— Qui nous aurait dit que nous serions un jour ici, assises avec ces deux petits monstres ? Avec Aude et Marina, qui sont comme des sœurs pour nous... Tu te souviens de notre petit appartement de Menton ? De la rue piétonne, du marché... mon Dieu, il me semble que c'était dans une autre vie.

Marie, souriante, suit aux paroles de son amie les rues de la petite cité frontalière. Il lui semble entendre les cris des goélands se mêlant aux discussions « mouvementées » des Italiens. L'odeur des pissades, des tourtes et des barbajuans du marché chatouillent un instant ses papilles... une petite bouffée de nostalgie.

— C'est bizarre... il ne m'est rien arrivé d'extraordinaire, quand j'habitais là-bas... pourtant, lorsque j'y songe, je ne peux pas m'empêcher de penser que j'y étais à l'abri. J'ai parfois comme une angoisse. Une peur de perdre ce à quoi je tiens... ma vie avec les jumeaux... vous... et Charly... je ne sais pas comment je vivrais sans vous maintenant. Et ça me fait peur !

Aude et Marina se mettent à parler en même temps, la serrent dans leurs bras. Charlotte s'est collée à elle... mais dans le regard de Juliette, elle lit la même angoisse que la sienne. Elles se sourient... soudées et isolées, soudain, malgré les témoignages d'amour et d'affection de celles et ceux qui les aiment.

Elles ont tant à perdre aujourd'hui. Avant, elles n'avaient rien. Elles n'avaient pas vraiment de vie. Elles agissaient comme tout le monde, couraient pour leur travail, parlaient, riaient même... mais elles ne vivaient pas vraiment. Elles avaient déjà tout perdu à cette époque, elles ne risquaient pas grand-chose.

Elles en reparlent, le soir, en tête à tête, alors qu'elles baignent les petits.

— C'est le fait de n'avoir plus rien à perdre qui faisait notre tranquillité. Nous étions seules toutes les deux, et nous avions déjà tout perdu... regarde aujourd'hui ! Ce n'est pas une famille que nous avons, mais une véritable tribu ! Forcément, par moment, ça fait peur !

— Peut-être, mais regarde quelle force nous en tirons.

Marie sourit à ses filleuls tout en parlant. Les bambins barbotent et éclaboussent les deux femmes en riant aux éclats. Il faut se fâcher pour les sortir de l'eau, et un braillard chacune dans les bras, elles se replient dans la chambre où Charly les rejoint.

— J'ai abandonné les filles en cuisine, histoire qu'elles ne perdent pas la main, et je viens proposer mes services. Il me semble que c'est drôlement dissipé dans les rangs ici !

Il intègre le groupe et aide à l'enfilage des babygros des deux petits furieux qui se débattent, hilares et heureux.

— Forcément, il n'y avait pas cette intensité dans notre petit appartement mentonnais ! décrète Marie.

— Tu regrettes ?

Juliette la regarde en posant la question. Sur son visage pend une mèche de cheveux encore mouillée. Manon, qui l'escalade en riant et en tentant de repousser du pied son frère, pour garder son avantage, tire sur son corsage. Son jean est auréolé d'eau sur les deux cuisses, elle a du mal à maîtriser son fils qui menace de glisser du lit… et pourtant ses yeux brillent de bonheur. Marie éclate de rire, et attrape le petit monstre qui chavire dangereusement.

— Comment veux-tu que je regrette ? On a opté pour la folie le jour où on a posé le pied dans la cour du Fandango ! C'était trop tard ! On était cuites ! En plus, des Parisiens tout aussi fous que nous sont venus nous trouver dans notre repaire camarguais… et voilà le résultat ! On se déplace en bande et on vit en tribu. Nous avons délaissé notre cuisine proprette, contre des usines à bouffe. Quant à nos tables, elles ressemblent à des tables de réfectoires. Dîner à deux ne fait plus partie que de nos souvenirs et, bientôt, lorsque ces deux petits démons auront pris un peu plus d'assurance, nous n'aurons même plus d'intimité dans nos chambres… avoue que c'est plus que nous n'en espérions !

Charly et Juliette rient de la description dithyrambique qu'elle fait de leur quotidien, tout en admettant qu'elle dit vrai. Marina et Aude sont venues les rejoindre en demandant ce qui peut bien les rendre si hilares, car elles les entendent depuis l'étage en dessous. Marie reprend sa description, à leur intention, et les deux sœurs joignent leurs rires aux leurs.

— Et attendez ! ajoute Marina. Non contents d'être déjà une tripotée en famille, on fait venir des gens des quatre coins de la France, voire même d'ailleurs, afin d'agrandir nos tablées… et tu es psy, toi ? demande-t-elle en se tournant vers son beau-père.
— Tu as raison, je suis psy, et je pense que le mal se soigne par le mal ! Et puis, plus on est de fous, plus on rit, c'est bien connu !

Et ils rient en effet.

C'est ce moment que choisissent les hommes restés dans le Sud pour téléphoner.

— Tiens ! Quand on parle de fous ! dit Charly.
— 13° 2 ! Vous imaginez ? Gilles a reconnu qu'il n'avait que rarement atteint ce degré.

Et leurs voix sont éraillées à force de cris.

Même si les histoires de vin ont un peu agacé les femmes au début, elles reconnaissent sans peine que cette nouvelle les réjouit autant que les hommes restés au domaine. Tant de travail, de soucis… et de dettes, précise Marina. Oui, c'était une bonne nouvelle.

— Reste à voir si ce n'est pas une immonde piquette, au degré d'alcool élevé. Il faut attendre, si le reste suit. Ça n'est pas encore gagné, ce n'est qu'une première étape, croit bon d'ajouter Thibaut, lorsqu'enfin son frère lui passe le combiné. Mais au loin, Roland continue de brailler.

— Mais que dit cet idiot ? demande Charly, gagné par l'hilarité ambiante.

— Il dit que Gilles pense que ce sera une grande année !

— Il fallait commencer par ça ! C'est bon ça ! Ne buvez pas tout, attendez-nous, on rentre dans deux jours.

La conversation se termine dans une confusion totale, chacun rit, heureux.

Ils redescendent bien deux jours plus tard, Milo, Thibaut et Roland sont à l'aéroport, levant très haut une bouteille encore vide à l'étiquette blanc cassé et noir, au nom du domaine. À l'image de la vaisselle et du linge, un château stylisé annonce « Casteù Dou Fioù » avec en dessous, en lettres d'or, cuvée 2010.

— Alors ? Hein, ça fracasse, non !

Et en effet, ça fracasse ! La bouteille, longue et haute, légèrement teintée, sur laquelle ressort l'étiquette au double encadrement noir, est stylée et classe, elles le reconnaissent volontiers.

À peine arrivés, et pour reprendre une main que six jours à Paris leur ont peut-être fait perdre, ils passent à table et gouttent le jus de raisin.

Gilles, aux dires des garçons, refait pour la trois centième fois une dégustation qui s'avère à chaque occasion aussi édifiante, à savoir que cette cuvée sera exceptionnelle. Il mâchouille sans fin les peaux, du moût qu'il recrache en secouant la tête.

À l'intérieur du chai, les hommes échantillonnent et analysent les bourrues, ce jus partiellement fermenté qui donnera le millésime de l'année. Ils mesurent la densité, la courbe de température. On juge, voire on pronostique parfois, le niveau de fermentation, déterminant dans la suite de l'aventure. La densité de sucre affaiblie annoncera l'avancée de la fermentation. Magiquement, les sucres se seront transformés en alcool... et si la sorcellerie n'a rien à voir dans cette histoire, pour chacun, profanes débutants, c'est un peu magique. Même pour Gilles et Jean, cette résurrection des chais tient d'une alchimie inespérée entre jeunes et anciennes générations ; entre une volonté inébranlable et un travail acharné.

Après la cuvaison, il y a le débourrage, lorsque le jus de raisin non fermenté est séparé de la bourbe. Après avoir foulé les énormes raisins noirs, pour en faire éclater les grains et en libérer la pulpe, il faut érafler, égrapper le moût obtenu afin de séparer la rafe, partie ligneuse de la grappe, qui risque de donner des goûts herbacés au vin. La vendange est alors dirigée vers les cuves de fermentation. Durant la dizaine de jours, très importante, que dure cette première fermentation, les éléments tanniques et colorants contenus dans la peau se diffusent, et le vieux Gilles ne ménage ni ses efforts ni ses conseils.

— Suivant la durée de la fermentation, le vin vieillira plus ou moins bien, répète-t-il.

Et il crache le liquide trouble, qu'il goûte sans fin à chacune des cuves.

Charly, après avoir goûté ce qui n'est encore, somme toute, que du jus de raisin légèrement piquant, ramène avec humour les choses à une plus juste estimation.

— En tous cas, il y en a bien plus que prévu. Il a déjà une belle couleur. S'il tient ses promesses, on devrait pouvoir le boire sans trop de difficultés. Du moins, s'il en reste !

Le vieil homme lève les épaules et secoue sa vieille tête aux cheveux blancs. Et, faisant claquer sa langue sur un reste de purée de raisin, croit bon d'ajouter :

— Attendons !

Il a bien fallu attendre !

L'opération donne lieu à une suite sans fin de palabres et de qualificatifs, que les femmes n'imaginaient même pas pouvoir s'adapter aux vins. Ample, corsé, fruité, équilibré et ouvert… mais dès le lendemain, ils sont tour à tour animal et épais, bourru mais épanoui ou encore épicé et boisé mais avancé. Bref, Marie finit par demander à Charly si un vin peut être autant de choses à la fois, surtout lorsqu'il ressemble encore à une fine purée pourpre en pleine ébullition, qui recrache une bave rose et bulleuse.

— Il semblerait ! répond-il.

Au terme de la première macération par écoulage, ils pressent le marc décuvé afin d'obtenir un vin de presse, plus riche en couleurs et en tanins. Il sera mis dans des fûts séparés, selon les cépages, dans un premier temps, et assemblés après élevage… dit le Mestre. La seconde fermentation doit éliminer l'aspect dur et agressif du vin obtenu. L'élevage proprement dit pourra commencer. Durant des jours et des jours, ils feront le tour des cuves, surveillant l'évolution de la première fermentation. Le vin, dont la fermentation vient de finir, est trouble, mais cet aspect de l'élevage, la clarification, loin de rebuter les hommes, les rend encore plus dithyrambiques, tous les espoirs sont permis !

Ils surveillent la stabilisation tartrique du vin, durant l'élevage, qui se fait dans des fûts de chêne, dont l'alignement sous les voûtes du chai est en lui-même comme l'annonce de leur réussite.

Ils discutent sans fin, pour savoir si la finalisation de leur étiquette doit comporter « mis en bouteille au château » ou « mis en bouteille au domaine », si pour cette première cuvée, une collerette à l'épaule de la bouteille, comportant le millésime, ne sera pas trop présomptueux…

Bref, les discussions commencent à l'aube pour ne finir qu'au soir et recommencer. Un des hommes, voire plusieurs arpentent toujours les longs couloirs sombres et frais, comme si laisser les fûts sans surveillance quelques heures pouvait compromettre irrémédiablement le résultat final.

Mouchoir éternellement vissé sur le crâne, et ceinture en corde autour de la taille, Mestre Gilles veille au grain. Souvent, le Jean, qui vieillit depuis quelques semaines, sans que personne, pas même son Eissero préféré, ne parvienne à lui faire avouer une quelconque fatigue, vient le rejoindre, et les deux hommes si silencieux d'ordinaire parlent sans fin.

Le moment venu, le vin est tiré et mis dans les bouteilles. La vue des casiers bien alignés et chargés gonfle le cœur de chacun, et une étrange émotion les saisit. Dans un silence de cathédrale, ils font le tour de l'immense pièce, dont les voûtes fraîches répercutent le long de ces vieux murs re-chaulés leur souffle et leurs pas.

Roland et Thibaut ne quittent quasiment pas les chais depuis quelques semaines. Charly arpente sans fin les longues travées et, accompagné du vieux Gilles, écoute ses commentaires inépuisables.

Comme de plus en plus fréquemment, le bavard se joint à eux, apportant son grain de sel…une explication, un avis… une idée.

Le Fandango s'est porté acquéreur d'une partie de la récolte, elle sera proposée aux hôtes. La Fanneu en veut aussi.

— Ha la famille ! rigole Marie.

La grande question est maintenant de savoir comment ce vin va supporter l'outrage du temps…
Gilles et Jean, très confiants, promettent le meilleur vin de la région.

— Dans quelques années, y'a pas un vin qui lui arrivera à la cheville ! pronostique-t-il.

Et à force de goûter, il n'est pas rare que leurs pas soient chaloupés.

Gilles amène quelques bouteilles à ses réunions d'anciens et toutes les vieilles pommettes tannées, rouges et congestionnées, témoignent, sinon de la qualité du vin, du moins de la confiance que suscite son degré élevé. Chacun ayant fait plusieurs dégustations, afin de ne pas émettre un diagnostic hasardeux. Les voix sont fortes et râpeuses… même si le discours est approximatif. D'ailleurs, durant quelques semaines, la première récolte depuis vingt ans occultera tout autre sujet de discussion. La guerre, le service militaire, la politique et les vieilles amours resteront, pour un temps, dans l'oubli. Le vin, sa robe, ses arômes, son tanin, sa conduite et son coulant étant au centre de toutes les attentions. D'après les vieux, même la rebêche est de qualité. Ce dernier jus extrait d'une fin de cycle de pressurage, de moindre qualité en règle générale, est selon eux exceptionnel, ce qui, aux dires du vieux Mestre, est un grand signe.

Les femmes se sont réfugiées dans les couches, les devoirs des enfants, le premier livre de cuisine des deux sœurs, qui est finalement un travail commun aux femmes, car chacune à sa manière y a participé. Marie fait et refait de nouveaux plats, aidée de Marina aux photos et de Aude à la déco. Avec Juliette, qui a rouvert le magasin aux Saintes, et donc les jumeaux qui courent partout entre leurs jambes, elles n'ont pas une minute à elles et réussissent à échapper aux histoires de vin.

— C'est vrai, si j'entends encore parler de pinard durant des heures, comme ces dernières semaines, je crois que je vais devenir allergique à la bibine… avoue que ce serait dommage ! annonce-t-elle un soir à son mari, qui a réussi à la soustraire à la communauté. Il reconnaît en riant qu'il faut à tout prix qu'ils soient épargnés d'une pareille catastrophe.

Comme Marie le pressentait depuis quelques semaines, Jean ne va pas bien. Sa femme a téléphoné un matin, affolée, le médecin est venu et va hospitaliser son mari. La jeune femme part immédiatement, le vieil homme silencieux jusqu'au bout a caché sa maladie. Il se meurt d'un cancer de l'estomac, qui l'empêche de se nourrir correctement depuis des semaines. Les grands habits amples, dont il est toujours vêtu, ayant aidé à cacher son extrême maigreur.

Il refuse les soins ; opération et hospitalisation ne sont pas envisageables pour lui.

— Quand c'est l'heure, c'est l'heure, petite, et je veux mourir chez moi. Pleure pas, j'aimerais pas te faire du tracas maintenant, après toutes ces années. Occupe-toi de ma bavarde, elle va se sentir un peu seule.

Pour la première fois, Marie est incapable de lui obéir et pleure comme elle ne l'a sûrement plus fait depuis des années.

Il part en quelques jours, sa bavarde et son Eissero près de lui, lui tenant chacune une main. Cette main osseuse comme le bois des vignes, et capable de créer de si belles choses... Marie se souvient, en tenant une dernière fois cette main noueuse, ce que lui a dit le vieil homme, lorsqu'il aménageait sa maison, des années plus tôt. Un jour qu'elle lui avait demandé s'il pensait possible de lui construire une mezzanine, il avait regardé la jeune femme en se grattant le menton et répondu : « ce que tes yeux voient, tes mains peuvent le faire ! »

Et il l'avait fait !

— Imagine s'il avait été à l'école ! dit-elle.

Au domaine comme au gîte, tous sont inquiets pour Marie, elle pleure du soir au matin, inconsolable.

— Il va tellement me manquer ! Il a toujours été là pour moi, depuis toutes ces années. Qu'est-ce que je vais faire sans lui ?

L'épreuve du cimetière, belle et sobre, est éprouvante. Et malgré tous les témoignages d'affection, les assurances de présence journalière de tous, rien n'y fait, elle reste perdue et inconsolable.

Manon et Antoine, Charlotte et Alexandre, filent dans son sillage… alternant caresses et mots d'amour, mais une fois de plus, c'est dans la solitude des enganes, sur le dos de Fe, qu'elle se ressource le mieux.

Charly est aux petits soins. Milo l'embrasse chaque fois qu'elle passe auprès de lui. Aude et Marina lui soumettent sans fin des photos de plats et des recettes qu'elles continuent à tester sur la famille. Mais là encore, c'est avec Juliette qu'elle réussit à parler de ses sentiments.

— Chaque fois que je perds un être cher, j'ai l'impression que je ne réussirais plus à me remettre de mon chagrin et de ma peur. Invariablement, ça me replonge dans la mort de Marc. Cette douleur qui te vide le ventre, qui ne te lâche pas. Cette absence que tu ressens dans tes os. Cette tristesse qui rend le monde gris. J'ai continuellement cette douleur dans les clavicules et le cou, comme si porter mes bras et ma tête était devenu trop dur pour moi.

Juliette, qui a vécu une pareille débâcle à la mort de son mari et s'est promis de ne plus jamais la revivre, comprend la peine de son amie.

—Me dire que je ne le verrai plus jamais, c'est insupportable. Et si je perdais Charly, ou…

Et les pleurs l'empêchent de continuer.

—C'est la vie, Marie ! Quoique nous fassions, quels que soient nos choix, les êtres que nous aimons, nos amis, nos amours… nous sont prêtés. Il faut se dire que c'est ainsi et profiter au maximum du temps que nous avons à passer avec eux. Se dire que nous avons eu de la chance de croiser leur route et penser non pas à leur départ, mais à ce que nous avons partagé, appris et fait avec et grâce à eux. Sinon, il faut arrêter immédiatement de vivre, d'aimer, de rencontrer des gens. Préférerais-tu ne jamais avoir rencontré Jean, pour n'avoir pas à le perdre ? Ou Charly, Milo, les jumeaux ? Renoncerais-tu à notre vie de tribu, afin de ne pas souffrir ? Mais vivre, Marie, c'est souffrir, c'est s'exposer, c'est perdre ceux que nous aimons. Mais avant, il y a de grandes joies, de grands éclats de rire, des bouffes et des disputes. De bonnes et de mauvaises années. C'est ça la vie, Marie. Souviens-toi de ce que nous a dit le bavard, la première fois qu'il a vu les jumeaux.

C'est Marie qui parle alors.

— "J'ai pas eu d'enfant, c'est pas venu. Ils m'ont jamais empêché de dormir, jamais coûté en habit ou en nourriture. Ils m'ont jamais cassé de voitures, ou ramené de mauvaises notes. Mais on m'a jamais appelé Papa."

Elle revoit son ami, le petit Antoine entre ses vieux bras, ses vieux yeux cernés de rides étrangement humides.

Cette mise au point a l'effet d'un coup de fouet. Jusqu'au bout, son vieil ami a vécu sa vie, comme s'il était immortel. Parlant du vieillissement du vin, comme s'il allait être là dans dix ans pour juger de sa qualité. Imaginant un nouvel aménagement pour le gîte ou pour le domaine. Prévoyant pour des jours à venir que, pourtant, il savait ne pas avoir le temps de vivre.

Elle le revoit dans les vignes à côté d'elle, soulevant les feuilles vertes sur les grappes qui mûrissaient, portant son regard au loin et murmurant :

— C'est quand même beau d'avoir fait revivre ce vignoble, le gîte de Milo, ta maison… quelque part, il y aura toujours un peu de nous tous dans ces terres.

Elle comprend à présent que, se sachant malade, il voulait qu'elle le retrouve, ici, dans les vignes, les vieilles pierres, la poutre de bois de sa porte, dans son vieil évier patiné par les ans.

— C'est vrai que tu es partout, Jean, murmure-t-elle, le tutoyant pour la première fois.

Chaque geste lui rappelle, si besoin est, que le vieux bavard est partout présent… seulement un peu plus silencieux.

Cette première cuvée a été la première d'une longue série, qui a ramené le domaine à sa célébrité d'antan. Et vendre le vin n'a pas été davantage une difficulté. La production n'a pas permis aux deux sœurs de se consacrer immédiatement à leurs livres de cuisine uniquement. Il leur a fallu, durant quelques années, assurer pas mal de mariages, noces et banquets, qui ont apporté tous de l'eau à leur moulin, à savoir, photos et recettes inédites pour leurs livres.

La mort du bavard a annulé l'immense dette qu'avaient contractée auprès de lui Marie et Milo. Il avait prévu ça aussi, avant de mourir.

Tellement fier du renouveau de ce qui restait quand même un peu son domaine, Gilles a vendu du vin au marché, le mardi, à côté du stand de fromage du neveu de Péou. Du moins, durant quelques années qui l'ont vu se courber chacune un peu plus, mais jusqu'au bout il a venté les mérites de ces crus ressuscités de l'oubli, debout derrière ses caisses de bois clair, aux dessins de château couleur de charbon. Puis, il a rejoint sans bruit Jean le Bavard au cimetière des Saintes.

Si les livres n'ont pas été de grands best-sellers, ils se sont vendus très facilement au gîte, au domaine et à la boutique de Juliette.

— Nous restons quand même des célébrités locales !

— Un genre de sœurs Brontë camarguaises qui n'écriraient que sur la bouffe !

Bientôt, Charlotte apportera son aide définitive au bon fonctionnement de ce « Casteù Dou Fioù » qu'elle aime tant. Ses études de gestion terminées, elle ne quittera plus sa Camargue adorée. Alexandre, lui, partira promouvoir au Canada ce vin familial, et y réussira si bien qu'il finira par faire sa vie là-bas, dans ces terres gelées six mois de l'année.

Bien entendu, la folie familiale continuera. Joies et peines, disputes et réconciliations, arrivées et départs, larmes et éclats de rire.

Comme une longue danse des flamants.

Une vie, quoi !

À ma famille.

À mon grand-père, ma grand-mère et leur infinie sagesse, leur immense bonté, le regard affectueux, avec lequel ils nous ont toujours suivis, et l'amour indéfectible qu'ils ont manifesté du premier au dernier jour, envers leur famille.

Vivre, c'est oser. Oser entreprendre, oser aimer, oser avancer vers les autres. C'est surtout oser regarder la vie en face et ne pas redouter les coups du sort, car qui que nous soyons, la vie est comme les montagnes russes, souvent en descente, et donc souvent en montée.

Il ne faut jamais écouter ceux qui essayent de nous faire croire qu'ils sont toujours en haut ! En tous cas, tous ceux que j'ai connus, qui ont tenté de le faire, étaient des menteurs avérés !

Menton, le 19 septembre 2018

Glossaire

Casteù : château.

Fioù : fils.

Fandango : musique et danse traditionnelles accompagnées à la guitare et aux castagnettes. Type Flamenco.

Santen ou santenco : habitant des Saintes-Maries de la Mer.

Manade : troupeau conduit par un gardian. Lieu d'élevage des taureaux, ou des chevaux qui y vivent en semi-liberté.

Manadier : éleveur de chevaux et de taureaux en Camargue.

Ben-vengudo : bienvenue.

Bèn-lèu : bientôt.

Gardian : gardien d'un troupeau de gros bétail, en Camargue.

Boumiano : bohémienne.

Simbéu : taureau souvent âgé, qui réagit à la voix et aide les gardians à mener les troupeaux. Il porte une sonnaille.

Roselière : où poussent des roseaux.

Gase : passage à gué par où le troupeau traverse un étang ou un cours à la nage.

Bouvau : enclos circulaire où sont regroupés les taureaux.

Abrivado : lâcher traditionnel de taureaux que des cavaliers doivent diriger vers un lieu précis.

Barbouillade : recette d'artichauts à la paysanne.

Enganes : prairie de terres salées où poussent des plantes de salicornes servant de parcours aux taureaux et aux chevaux.

Agantaïre : attrapeurs, empoigneurs.

Baile-gardian : homme de confiance du manadier. Responsable des gardians.

Gardian : ouvrier agricole gardien de chevaux ou de taureaux.

Bano : corne.

Chat : garçon.

Chatou, chato : fille.

Couverton : tapis de selle.

Calu : imbécile.

Devise : cocarde aux couleurs d'une manade.

Embarrage : encornage.

Farrade : marquage au fer des poulains ou des taurillons.

Raseteur : participant vêtu de blanc lors d'une course camarguaise.

Rossataïo : lâcher de jeunes juments et de poulains.

Biou : bœuf en provençal, ici taureau de Camargue, apte à courir dans les arènes, après avoir été bistourné (castré)

Testejer : secouer la tête dans tous les sens.

Taurillon : jeune taureau qui ne s'est pas encore accouplé.

Tau : taureau de race locale, élevé en liberté dans les manades.

Barrulade : roulade.

Trident : fer composé d'une douille conique, d'un manche en frêne ou en châtaigner.

Seden : corde traditionnellement tressée par les gardians avec du crin de jument.

Sonnaille : clochette ou cloche, attachée au cou d'un animal.

Saladelles : lavande de mer ou limonium vulgare.

Ripisylves : formation végétale herbacée qui se développe sur les bords des cours d'eau.

Caraque : Gitan.

Chourmo : rameur de galères, par extension difficulté.

Eissero : Sirocco.

Paluds : marais.

Brasucado : recette de moules, originairement cuisinées sur la braise.

Bacèu : baiser.

Bramadisso : cris.

Boumianou : bohémienne.

Masucado : masure.

Capèu : chapeau.

Barigoule : recette d'artichauts.

Menaïre : meneur.

Typhas : sorte de jonc.

Pia lou camioun : prends le camion.

Jasse : parc dans lequel les bêtes passent la nuit.

Fe : foi.

Draille : piste.

Barroulade : roulade.

Sansouïres : plaines inondées d'eau salées.

Aïgo-Saù : eau et sel.

Brandar : secouer.

Cèbes : oignons.

Embarrer : accrocher par une corne.

Paluns : marais (paludisme fièvre des marais).

Escoussure : entaille spécifique à chaque manadier, faite à l'oreille des taureaux.

Estoumagado : « estomaqué »

Carnet de recettes

Aubergines à la tapenade et au chèvre.

(Pour 4 personnes)

2 aubergines

2 tomates

Oignon

Tapenade

Olives noires

4 petits chèvres ronds

Sauce tomate

Basilic

Couper les aubergines en tranches et faire revenir à la poêle des deux côtés.

Sur une assiette, alterner une tranche d'aubergine, une tranche de tomate, une tranche fine d'oignon, de la tapenade, une rondelle de chèvre. Rabattre les bords de l'aubergine par-dessus, couvrir d'un peu de sauce tomate et de basilic. Décorer d'une olive.

Servir froid, en entrée

NB: On peut également, déposer notre préparation sur une tranche de pain de campagne grillée et la passer au four. Personnellement, je préfère!

Beignets de fleurs de courges
(Pour 4 personnes)

Pour la pâte

140 grammes de farine

1 œuf

¼ de sachet de levure chimique

1 dl de lait

Ail (2 ou 3 gousses)

Persil plat (quelques branches)

Sel

Poivre

Il faudra ensuite:

Un bouquet de fleurs de courges, que l'on va rincer
délicatement et déposer sur des feuilles de sopalin, après
avoir coupé la tige et enlevé pistil et étamines.

Dans un saladier, mélanger les ingrédients, lait, œuf,
levure et farine. Ciseler le persil et écraser l'ail. Poivrer et
saler.

Tremper les fleurs de courges une à une de chaque côté
dans la préparation et mettre dans un bain d'huile très
chaude. Quelques minutes suffisent. Déposer sur du papier
absorbant.

En entrée ou pour accompagner une viande.

NB : on peut remplacer les fleurs de courges par de très
fines tranches de courgettes.

Rôti de porc aux fruits secs
(Pour 4 personnes)

Un beau rôti de porc

Pour la farce :
60 gr d'abricots secs
60 gr de pruneaux secs
60 gr de cranberries
30 gr de pignons de pin

Pour la cuisson
20 gr de beurre
2 cuillères à soupe d'huile d'olives
2 branches de thym frais
Sel
Poivre

miel

Si votre rôti est déjà ficelé, enlever la ficèle et l'ouvrir à plat. Dans le cas contraire, l'ouvrir au couteau jusqu'au cœur. Saler et poivrer.

Hacher finement les abricots, les pruneaux, les cranberries et les pignons. Mélanger. Farcir votre rôti avec cette préparation. Rouler votre viande autour. Ficeler en ayant soin de tenir vos branche de thym dans la ficelle. Mettre dans un plat largement beurré allant au four, faire dorer à four chaud 15 minutes, puis ajouter un verre d'eau tiède. Cuire à couvert 50 minutes à four chaud. Découvrir, enduire d'une couche de miel. Remettre au four éteint à couvert jusqu'au service.

Servir avec une purée maison.

NB : on peut remplacer le verre d'eau tiède par un verre de vin blanc.

Lasagnes saumon épinards
(Pour 4 personnes)

Pâtes fraîches pour lasagnes

400 gr de saumon frais

Pour l'appareil :

2 oignons

2 gousses d'ail

1 kg d'épinards frais

Pour la béchamel :

Pour 1 litre de lait :

80 gr de beurre

80 gr de farine

Sel

Poivre

Noix muscade

Gruyère râpé

Mettre le beurre à fondre dans une casserole, ajouter la farine et mélanger, à feu doux. Ajouter le lait froid et mélanger régulièrement à l'aide d'un fouet, laisser cuire à ébullition environ 3 minutes, jusqu'à léger épaississement. Ôter du feu, saler, poivrer, mettre votre noix muscade selon votre goût. Réserver.

Faire revenir vos oignons finement ciselés ainsi que l'ail, jusqu'à légère coloration. Ajouter un grand verre d'eau, puis vos épinards lavés. Attention, les épinards réduisent énormément. Cuire 10 minutes et réserver.

Faire revenir le saumon dans un peu de beurre et effriter.

Dans un plat allant au four, monter les lasagnes, une couches de béchamel, du saumon, des épinards, une rangée de pâtes fraiches. Recommencer jusqu'à épuisement des ingrédients.

Parsemer de gruyère râpé.

Cuire à 200° environ 30 minutes.

Gâteau au chocolat et beurre salé
(Pour 6 personnes)

Pour le fondant :

200 gr de beurre
150 gr de sucre
70 gr de farine
200 gr de chocolat
5 œufs

Pour le caramel beurre salé :

150 gr de sucre
80 gr de beurre demi-sel
20 cl de crème liquide entière

Dans une casserole, faire fondre et colorer vos 150 gr de sucre, ajouter le beurre en morceaux, mélanger. L'appareil ne doit surtout pas noircir. Verser la crème et faire réduire le caramel en mélangeant constamment. Laisser refroidir à température ambiante.

Dans un saladier faire fondre et mélanger les 200 gr de beurre et les 200 gr de chocolat. Lisser... Dans un autre récipient, battre les œufs et le sucre jusqu'à blanchissement. Ajouter la farine et ensuite verser dans votre appareil beurre-chocolat. Mélanger doucement pour ne pas perdre l'air de votre préparation œufs-sucre. Ajouter 6 cuillérées à soupe de votre caramel en continuant à mélanger. Verser dans un moule beurré et fariné. Enfourner dans votre four chauffé à 200° et baisser à 120° durant 25 minutes.

Laisser refroidir, puis démouler ou retourner sur un plat de service.

Mettre le restant de caramel beurre salé dans un bocal. Vous pourrez en agrémenter votre gâteau en le servant.

Personnellement, je ne mélange pas complètement.

Confiture d'oranges amères

Fandango

J'ai appris à cuisiner
en Camargue

Entre 800 grammes et 1 kilo de fruits par kilo d'oranges

Couper les oranges en tranches et les mettre à macérer 24
heures dans 1 litre d'eau par kilo de fruits.
Le lendemain, faire bouillir ¾ d'heure, puis laisser à
nouveau reposer toute le nuit.
Le lendemain, cuire 1 heure après avoir rajouté le sucre.
A l'aide d'une louche, remplir vos pots de verre, laisser
refroidir à l'envers.

Fougasse d'Aigues-Mortes
à la fleur d'oranger

Fandango

J'ai appris à cuisiner
en Camargue

Pour la pâte :

330 gr de farine

100 gr de lait

40 gr de sucre

2 œufs entiers

60 gr de beurre ramolli

15 gr de levure de boulanger

Sel

Pour la garniture :

Sucre semoule en poudre

Beurre

30 gr d'eau de fleur d'oranger

Dans un bol, diluer la levure avec le lait. Ajouter la farine et faire un nid. À l'intérieur, verser le sucre, les œufs, malaxer. Incorporer le beurre et pétrir environ 10 minutes de plus. La pâte doit être élastique. Couvrir d'un torchon humide et placer dans un endroit à l'abris des courants d'air pour environ 2 heures, notre pâte va doubler de volume.

Sortir la boule de son récipient et la reformer en la pliant plusieurs fois sur elle-même. Recommencer l'opération « gonflement » pour 2 heures encore une fois.

Enfin, récupérer la pâte, reformer une belle boule en repliant plusieurs fois sur elle-même à nouveau.

La déposer sur une feuille de papier sulfurisé et l'étaler sur une hauteur d'environ 3 centimètres. Laisser reposer 2 heures. Votre pâte aura triplé de volume. Enfin, faire des trous dans votre pâte à l'aide de votre pouce environ tous les 8 centimètres. Dans chaque trou, mettre un dés de beurre. Arroser avec votre eau de fleur d'oranger et soupoudrer de sucre en poudre.

Enfourner à 220° durant 20 minutes. Votre fougasse doit être bien dorée et le sucre former une belle croute. Laisser refroidir, découper en carré.

Soupe de poisson

Fandango

J'ai appris à cuisiner
en Camargue

13 carottes

4 blancs de poireaux

1 fenouil

2 oignons

3 tomates mûres

2 ou 3 gousses d'ail

Bouquet garni

Safran, sel et poivre

Pour les poissons, il vaut mieux demander un mélange à
votre poissonnier, ainsi vous aurez une grande variété.
Faites rajouter quelques scampis et crevettes.

Nettoyer, vider les poissons et les couper en gros morceaux. Laver les carottes, le poireau, le fenouil, et les couper en petits dés, ainsi que les oignons, puis les faire revenir à feu doux dans l'huile d'olive chaude

Ajouter les poissons, les faire cuire pendant quelques minutes, réserver quelques beaux morceaux (les plus présentables) pour garnir la soupe.

Laver et coupezr en petits morceaux les tomates, les ajouter dans la casserole et assaisonner avec l'ail, le bouquet garni, le safran, le sel et le poivre. Couvrir d'eau chaude, porter à ébullition et laisser cuire 45 min

Après avoir retiré les arêtes, passer la soupe à la moulinette, la laisser mijoter avec les morceaux de poissons réservés ainsi que les scampis ou crevettes, (vous pouvez remplacer par un sachet de fruits de mer.)

La rouille :

Ail

Piment

Pain dur

1 jaune d'œuf

Huile d'olive

Dans un mortier, piler l'ail avec le piment, ajouter la mie de pain trempée dans la soupe et pressée, ainsi que le jaune d'œuf. Verser l'huile d'olive petit à petit et monter comme une mayonnaise.

Faire dorer les croûtons au four, vous pouvez les gratter d'ail. Servir votre soupe de poisson, croûtons et sauce rouille bien chaude avec du gruyère râpé.